影目付仕置帳

鬼《き》哭《こく》啾《しゅう》啾《しゅう》

鳥羽　亮

幻冬舎文庫

影目付仕置帳

鬼哭啾啾《きこくしゅうしゅう》

目次

第一章　幽鬼

1

大川端。初秋の風が川面《かわも》を波立たせている。辺《あた》りはひっそりとして、汀《みぎわ》を打つ波音と風音だけが、物悲しく聞こえていた。

町木戸のしまる四ツ（午後十時）を過ぎていた。大川端沿いの通りは、人影もなく夜の帳《とばり》につつまれている。上空に鎌《かま》のような月が出ていた。川岸の柳が黒い蓬髪《ほうはつ》のように枝葉を揺らしている。

夜陰のなかにぽつんと、明りが見えた。提灯《ちょうちん》の灯《ひ》だった。大川にかかる新大橋の方から薬研堀《やげんぼり》の方へむかってくる。

提灯の明りに浮かび上がった人影はふたつ。羽織袴《はおりはかま》姿で二刀を帯びた御家人《ごけにん》ふうの武士が、小者《こもの》に提灯を持たせて歩いてくる。

「太助《たすけ》、だいぶ、遅くなったな」

武士が小者に声をかけた。

「はい、もう四ツは過ぎておりましょう」

小者の太助はそう言って、すこし足を速めた。

「辻斬《つじぎ》りでも出そうな通りだな」

右手は大川、左手は大名屋敷の築地塀《ついじべい》や大身《たいしん》の旗本の長屋門などがつづいていた。深い夜陰のなかから洩《も》れてくる灯もなく、聞こえてくるのは風音ばかりだった。

「旦那《だんな》さまなら、辻斬りも逃げ出しますよ」

太助が小声で言った。

武士の名は永井峰之助《ながいみねのすけ》、御徒目付《おかちめつけ》で一刀流の遣《つか》い手《て》でもあった。

そのとき、ふいに提灯を持っていた太助の足がとまり、旦那さま、何か聞こえませんか、と言って背後の永井を振り返った。提灯の明りに浮き上がった太助の丸顔が、こわばっている。

「そう言えば、聞こえるな」

ひゅう、ひゅうと川面を渡ってくる風音のなかに、女のすすり泣くようなかすかな音がした。鬼哭《きこく》のような哀切のひびきがある。

「だ、だれかいます」

太助が声を震わせて言った。

「な、なんだ！」

永井は目を剝《む》いた。

前方、左手の大名屋敷の築地塀の前に、黒い物が立っていた。六尺ほどもある黒い物体だった。女のすすりなくような音がしたのとは別の場所である。

突然、その物体が動いた。永井たちの方にむかってくる。

……熊か！

一瞬、永井の目に黒い巨熊のように映った。

だが、熊ではなかった。黒衣の人だった。笠をかぶり、手に六尺余の金剛杖《こんごうづえ》を持っている。

……坊主だ！

墨染めの法衣に網代笠《あじろがさ》をかぶった雲水《うんすい》ふうの男だった。それにしても巨漢である。六尺ちかい背の丈にくわえ、肩幅もひろく胴まわりも太かった。巨木の幹のようである。

男は黒い法衣を風になびかせ、バサバサと音をさせながら近付いてきた。

「太助！　さがれ」

永井は刀の柄《つか》に右手を添え、左手で鯉口《こいぐち》を切った。

法衣の男は、金剛杖を両手に持ち替えて身構えていた。全身から殺気を放っている。

だが、男は永井と四間《けん》ほどの間を取って足をとめた。身構えたまま黒い巨岩のようにつっ立っている。

「だ、旦那さま、後ろにもうひとり！」

背後にまわった太助が、声を震わせて言った。

五間ほど後方、川岸の柳の陰に人影があった。淡い月光のなかにぼんやりと黒い影が浮かび上がっている。

さきほどから聞こえていた女のすすり泣くような音は、その男の身辺から聞こえてくる。

……泣いているのか。

一瞬、永井はそう思ったが、泣いているわけではなかった。笑っているのか、それとも喘《ぜん》鳴《めい》なのか。喉《のど》の鳴る音らしい。

「ゆ、幽霊！」

太助が悲鳴のような声を上げた。

男が樹陰から通りへ出てきた。大刀を一本落とし差しにした牢人《ろうにん》だった。長い総髪、痩身《そうしん》で両肩が落ちている。月光に浮かび上がった青白い顔は、死人のように表情がなかった。両腕をだらりと垂らしたまま物憂そうに歩いてくる姿には、幽霊を思わせるような不気味さがあった。

「何者だ」

永井が誰何《すいか》した。

牢人は無言だった。ゆっくりとした足取りで、永井に迫ってくる。もうひとり、法体《ほったい》の男は立ったまま動かなかった。ふたりは仲間らしい。

牢人はゆっくりとした足取りで永井の前にまわり込んできた。額に垂れた前髪の間から底びかりのする目が永井を見すえている。藪《やぶ》のなかにひそんで獲物を狙う獣のような目だった。

永井の足元の地面が波打つように揺れていた。提灯を持つ太助の手が震え、明りが揺れているのだ。

まだ、牢人の口元からすすり泣くような音が洩れていた。とがった顎《あご》がかすかに動いている。笑いを抑えているのか、喘鳴なのか。細い唇が、小刻みに震えていた。哀愁を帯びた細い音が風音のなかに啾々《しゅうしゅう》と聞こえてくる。

……こやつ、できる！

永井は背筋を冷たい物で撫《な》でられたような気がして身震いした。

牢人は頼りなげな足取りだったが、まったく隙《すき》がなかった。しかも、痺《しび》れるような殺気を放っている。

牢人は永井と三間ほどの間を取って対峙《たいじ》した。

「永井峰之助と知っての狼藉《ろうぜき》か！」

辻斬りや追剝《おいは》ぎの類《たぐい》ではない、と永井は直感した。何者かは知らぬが、刺客と見たのである。

牢人は無言だった。すすり泣くような細い声を洩らしているだけである。

「答えぬなら、そこをどけ」

永井がそう言うと、牢人はゆっくりした動作で抜刀した。

「やる気か」

永井も抜刀した。この男を斬らねば、この場から逃れられぬと思ったのである。

太助は、喉のつまったような悲鳴を上げて後じさった。手にした提灯が大きく揺れ、明りが永井と牢人の姿を浮かび上がらせたり、夜陰に沈めたりしている。

永井は青眼《せいがん》に構えた。対する牢人は八相《はっそう》である。刀身を肩に担ぐように寝せた低い八相だった。

ふたりの刀身が提灯の明りを反射《はね》て、ときどき夜陰のなかでにぶいひかりを放った。

牢人は摺《す》り足で、すこしずつ間合を狭めてきた。異様な威圧がある。

……こやつ、どうくる。

永井は牢人の攻撃が読めなかった。背後に引いた牢人の刀身が闇に沈んで見えないせいもあって、どこから斬り込んでくるのか分からなかったのだ。

永井は、己の腰が浮き剣尖《けんせん》が揺れているのを意識した。蛇に睨《にら》まれた蛙《かえる》のように牢人の威圧に呑《の》まれている。

ヤアッ！

永井は鋭い気合を発した。気合で己を鼓舞し、敵の威圧を撥《は》ね除《の》けようとしたのである。だが、牢人はすこしも動じなかった。表情も動かさず、ジリジリと間合を狭めてくる。牢人の左足が一足一刀の間境にかかったとき、牢人の寄り身がとまった。数瞬、牢人は身動きせず、気魄《きはく》で攻めていたが、コホッ、と短い咳《せき》をした。その瞬間、牢人の体が揺れ、構えがくずれた。

この一瞬の隙を永井は見逃さなかった。裂帛《れっぱく》の気合を発しざま、青眼から真っ向へ斬り込んだ。永井の刀身が弧を描いて牢人の額へ伸びる。

……斬った！

永井が感知した瞬間だった。

フッ、と牢人の姿が永井の刀身の下から掻《か》き消えた。

次の瞬間、永井は腹部に強い衝撃を感じ、腰がくだけたようによろめいた。

牢人は脇へ跳びながら、胴を払ったのである。飛鳥《ひちょう》のような神速の体捌《たいさば》きだった。永井の目には、その姿が刀身の下で掻き消えたように見えた。

永井はよろよろと前に歩いた。腹部にそれほどの痛みはなかったが、深くえぐられ、臓腑《ぞうふ》が溢《あふ》れているのが分かった。

永井はほとんど無意識裡《り》に振り返り、刀を構えようとした。剣客の本能といっていいのかもしれない。

そのとき、永井は牢人の刀身が月光を反射てにぶくひかり、眼前に迫るのを見た。と、喉元を突かれたような衝撃で首が後ろにかしぎ、首筋から生暖かいものが奔騰《ほんとう》した。

永井の意識があったのはそこまでである。


ワァッ、と悲鳴を上げて、太助は手にした提灯を路傍に放り出し、その場から駆けだした。恐怖で体が顫《ふる》え、酔っ払いのように腰が揺れている。

「逃さぬ！」

法体の男が、太助の前に立ちふさがった。

「た、助けて！」

太助は悲鳴を上げながら、法体の男の脇をすり抜けようとした。

瞬間、男の巨漢がひるがえり、手にした金剛杖が唸《うな》りを上げげた。次の瞬間、壺を割るような鈍い音がし、太助の首が両肩にめり込むように沈み、頭が柘榴《ざくろ》のように割れて血と脳漿《のうしょう》が飛び散った。

悲鳴も呻《うめ》き声も聞こえなかった。太助は、その場に腰からくだけるように転倒した。

うつぶせに倒れた太助の四肢《しし》がかすかに痙攣《けいれん》していたが、まったく動かなくなった。一撃で即死したようである。

夜陰のなかに、太助の頭部から滴《したた》り落ちる血の音が聞こえていた。牢人の洩らすすすり泣くような音とあいまって、啾々と物悲しい余韻を引いている。

2

……おしげさん、聞いた？　大川端でふたりも殺されてるってよ。

お松《まつ》という女房が、怖気《おぞけ》をふるうような声で言った。

腰高障子《こしだかしょうじ》のむこうで、長屋の女房の声と下駄の音がした。

……き、聞いたよ。ひどい殺され方でね。ひとりは頭を割られてるってさ。

ふたりの女房の声と下駄の音が、しだいに離れていく。井戸端の方へむかっていくらしい。

洗濯か、水汲《みずく》みにでも行くのであろう。

……そろそろ、起きるか。

宇田川左近《うだがわさこん》は夜具から起き上がると、両手を突き上げるように伸びをした。戸口の腰高障子は朝陽で白くかがやいていた。五ツ（午前八時）ごろであろうか。

左近は寝間着を着替えると、手ぬぐいと小桶《こおけ》を持って外へ出た。井戸端で、顔を洗おうと思ったのである。

カッ、いきなり殴りつけるような初秋の強い陽射しが、左近の顔面に降り注いだ。晴天である。

日本橋小網町《こあみちょう》、甚兵衛店《じんべえだな》。左近の住む棟割り長屋である。左近は溝板《どぶいた》を踏みながら井戸端へむかった。

長屋のなかから子供や女房のくぐもった声が聞こえてきたが、いつもよりひっそりとしていた。出職《でしょく》の職人やぼてふりなどが、仕事に出てしまったからであろう。

井戸端で、おしげとお松が洗濯をしていた。さきほど左近の家の前を通り過ぎたふたりである。

「旦那、お目覚めですか」

三十がらみのおしげが洗濯の手をとめ、上目遣いに左近を見ながら言った。その声に揶揄《やゆ》するようなひびきがある。

脇にいるお松も、左近に目をやったが、口元にうす笑いを浮かべただけで何も言わなかった。

　長屋の女房連中は左近に好感を持っていなかった。左近は御家人の冷や飯食いで、家からの合力《ごうりき》で暮らしていることになっていたが、長屋の住人は連日ぶらぶら遊んでいる左近を得体《えたい》の知れない牢人だと思って避けていたのだ。

　左近も自分から長屋の住人に近付こうとしなかった。付き合いが面倒だったし、自分の正体をあかすことができなかったからである。

　左近は老中、松平伊豆守信明《まつだいらいずのかみのぶあきら》の密命で動く影目付のひとりだった。長屋の住人たちは、左近にそのような裏があることなど思ってもみなかった。

　左近は影目付になる前は御家人で、百俵五人扶持《ぶち》の御徒目付だった。そのころ、左近にはお雪《ゆき》という許嫁《いいなずけ》がいたが、頭格《かしら》の嫡男の横恋慕《よこれんぼ》で犯され、大川に身を投げてしまう。そのことを嫡男に問い質《ただ》したとき、左近はことの成り行きで嫡男を斬ってしまった。

　理由はどうあれ、上司の嫡男を斬ったことは許されない。宇田川家は改易となり、困窮のなかで家族が相次いで死んでしまう。左近は自分だけ生きていても仕方がないと思い、切腹するつもりだったが、影目付の頭の岩井勘四郎《いわいかんしろう》に助けられた。爾来《じらい》、影目付として生きることになったのである。

「大川端で、人が殺されていたそうだな」

左近は顔を洗い終えると、手ぬぐいで顔を拭きながらふたりの女房に声をかけた。

「旦那、よく知ってるね」

おしげが、お松と顔を見合わせて言った。

「なに、長屋の噂《うわさ》が耳にとどいたのだ」

左近は、ふたりの話が聞こえたとは言わなかった。

「今朝方、亭主が大川端を通りかかって見てきたんですよ」

おしげが、目をひからせて言った。女房たちは、こうした噂話が好きなのである。

おしげの亭主はぼてふりだった。おそらく、日本橋の魚河岸《うおがし》に魚を仕入れに行き、ぼてふり仲間から話を聞いたにちがいない。お節介で好奇心の強い亭主は、わざわざ大川端まで出かけて現場を覗《のぞ》いてきたのであろう。

「辻斬りかな」

左近が言った。

「それが、斬られたのはお侍らしいんだよ」

「侍だと」

ふたり連れの侍を襲ったのであろうか。それに、ひとりは頭を割られていたというが、下手人はどのような武器を遣ったのであろう。

「ひとりは、供の者らしいよ」

脇からお松が言い添えた。

「それで、場所はどこだ」

近ければ行ってみてもよい、と左近は思った。

「新大橋の先でね。牧野《まきの》さまのお屋敷の近くだそうですよ」

牧野越中守《えっちゅうのかみ》の中屋敷は大川端にあった。長屋から、そう遠くはない。

「それにしても、物騒だな。夜分は気をつけないとな」

左近はつぶやくような声で言うと、その場を離れた。

背後で、おしげとお松の弾《はじ》けるような笑い声が聞こえた。左近を揶揄するような冗談でも言ったのかもしれない。

……見てくるか。

左近は、辻斬りや追剝ぎの手にかかったのではないような気がした。

部屋にもどった左近は、小網町の長屋から日本橋川沿いの道りをたどり、大川端へ出て川上にむかった。

新大橋のたもとを過ぎていっとき歩くと、前方に人だかりがしているのが見えた。そこが現場らしい。集まっているのは通りすがりの町人や供連れの武士などが多かったが、岡っ引きらしい男や八丁堀同心の姿もあった。八丁堀同心は小袖《こそで》を着流し、黒羽織の裾《すそ》を帯にはさむ巻き羽織と呼ばれる独特の格好をしているので、遠目にもそれと知れるのだ。

3

左近は人垣に近付いた。八丁堀同心は北町奉行所、定廻《じょうまわ》り同心の楢崎慶太郎《ならざきけいたろう》だった。楢崎は髭《ひげ》の剃《そ》りあとの青い、頤《おとがい》の張ったいかつい顔をしていた。これまで、左近は何度か事件の現場で楢崎の顔を見かけていたのである。

ひとりの死体は、楢崎の足元に横たわっているらしい。どうやら、楢崎は検屍をしているようだ。

左近は人垣の肩越しに覗いたが、岡っ引きらしい男が邪魔になって、地面にひろがったどす黒い血痕と横たわっている男の袴姿の下半身が見えただけだった。

「前をあけてくれ」

左近は人垣を分けて前へ出た。

人垣がざわついたのを耳にし、死体のそばにいた楢崎と岡っ引きが振り返った。楢崎が左近を見て、不機嫌そうに顔をしかめた。楢崎の顔に、また、お前か、といった表情があった。

楢崎も事件の現場で何度か左近を目にしたことがあり、顔は覚えていたのである。ただ、うさん臭い牢人だと思っているだけで、左近が信明の密令で動く影目付であることなど知る由《よし》もない。

死体は横臥《おうが》していた。腹部から、臓腑が覗いている。腹を横に裂かれたようだ。喉からも激しく出血していた。首まわりから胸部にかけて、どす黒い血に染まっていた。喉を刀で突かれたらしい。

……なかなかの手練《てだれ》だ。

と、左近は思った。下手人は胴を一太刀《ひとたち》で薙《な》ぎ払っていた。喉も正確に突いている。太刀筋に乱れがない。特に喉の突きは見事だった。正面から真っ直ぐに突き、盆《ぼん》の窪《くぼ》まで切っ先が抜けていた。

死体の男は恐怖に目を剝《む》き、口をひらいたまま死んでいた。右手に刀を持っている。おそらく下手人と立ち合ったのであろう。

……この男、どこかで見たような気がするが。

左近は、細面《ほそおもて》で顎《あご》のとがった死者の顔を、どこかで見かけたような気がしたが思い出せなかった。もっとも、目を剝き、口をひらいたままの異様な死顔だったので、すぐに生前の顔とはつながらないかもしれない。

「この男の名は分かるのか」

左近が楢崎に声をかけた。

「おめえさん、町方にでもなったつもりかい」

楢崎が顔をしかめて言った。

「そうではないが、この男の顔をどこかで見たような気がしたのでな」

「そういうことなら、遠慮はいらねえ。近くで、じっくり死骸《ほとけ》の顔を拝んでくんな」

楢崎はそう言って、すこし身を引いた。死者がだれなのか知れれば、探索が楽になると思ったのかもしれない。

左近は死体に近付いた。死顔の脇に屈《かが》んでじっくり見たが、覚えがあるような気がするだけで、どうしても思い出せない。

「気のせいかも知れんな」

そう言って、左近は首をひねった。

「なんだ、思わせぶりなことを言って。分からねえんなら、下がってくんな。探索の邪魔だからな」

楢崎は露骨に迷惑そうな顔をして、あっちへ行けというふうに片手を振った。

そのとき、人垣のそばにいた初老の岡っ引きが、慌てた様子で楢崎のそばに来て、

「佐原《さはら》さまという方が、死体を引き取る、と言って来てやすぜ」

と、小声で言った。

佐原という名を聞いたとき、左近の脳裏に御徒目付だったころの記憶がよみがえった。同時に、死体がだれであるかも分かった。

……永井峰之助だ！

御徒目付である。もっとも、左近は永井といっしょに仕事をしたこともなければ、親しく話をしたこともない。名と顔を知っている程度である。

死体を引き取りに来た佐原源八郎《げんぱちろう》は、御徒目付頭だった。おそらく、永井の直属の頭であろう。配下の御徒目付や小者など連れて、永井の死体を引き取りにきたにちがいない。

幕臣は町方支配ではなく、頭の支配下にあったので、檜崎も永井の死体を渡すことになるだろう。

人垣の間から武士の集団が姿を見せたとき、左近はすばやく身を引いて野次馬たちの背後に身を隠した。佐原たちに顔を見られたくなかったのである。

そのとき、背後に人の近付く気配がし、

「旦那」

と、声をかけられた。

振り返ると、弥之助《やのすけ》が立っていた。黒鍬《くろくわ》の弥之助と呼ばれる影目付のひとりである。山岸《やまぎし》弥之助は元黒鍬衆で、旗本屋敷で奉公していた中間《ちゅうげん》を誤って斬り殺し、御役御免となった。その弥之助を、岩井が影目付にくわえたのである。

弥之助は剣の遣い手ではなかったが、隠密《おんみつ》にはもってこいの男だった。足が人並はずれて速く、動きも敏捷《びんしょう》だった。それに、尾行や屋敷内の侵入が忍者のように巧みだったのである。弥之助の遣う武器も特殊だった。鉄礫《つぶて》である。弥之助の遣う鉄礫は、直径一寸五分（約四・五センチ）ほどの六角平形で、人に当たれば肌を裂き、骨を砕く。手裏剣《しゅりけん》などより、はるかに威力のある飛道具であった。

弥之助は黒の半纏《はんてん》に股引《ももひき》姿だった。ふだんは、深川で船宿の船頭をしていたので、その格好で来たらしい。

「もうひとりの死骸《おろく》を見てみますかい」

弥之助が小声で言った。ふだんは、町人言葉だったが、岩井と接するときなどは黒鍬衆だったころの武家言葉を遣う。

弥之助は、左近を五間ほど離れた川岸へ連れていった。そこにも、野次馬と岡っ引きたちが人垣を作っていた。よほど無残な死体らしく、男たちの多くが顔をしかめていた。なかには蒼《あお》ざめた顔をしている者もいる。

左近が人垣の間から覗くと、仰臥《ぎょうが》している男の姿が見えた。従者の小者であろうか。紺看《こんかん》板《ばん》に股引、草鞋《わらじ》ばきである。

……これは！

思わず、左近は息を呑んだ。

凄惨《せいさん》な死体だった。頭が柘榴のように割れ、血まみれになった頭の割れ目から白い頭骨が覗いていた。顔も血に染まり、どす黒い泥の塊《かたまり》のようだった。白く見開いた両眼だけが、顔であることを語っている。

「武器《えもの》は、何を遣ったんですかね」

弥之助が小声で言った。

「分からぬが、刀や槍でないことだけは、はっきりしている。それに、下手人はふたり以上だな」

永井を斬った者と従者の頭を割った者は別人のはずである。

左近と弥之助は、人だかりから離れて大川端を歩きながら話した。

「弥之助、このことを頭の耳に入れておいてくれ」

左近は、下手人が何者かは知れぬが、辻斬りや追剝ぎの類ではなく、御徒目付の永井の命を狙ったのだろうと思った。となると、幕臣のからんだ事件ということになり、町方の手に負えなくなるだろう。

「承知しやした。それで、旦那は」

「おれは、茂蔵《しげぞう》の耳に入れておく」

茂蔵も影目付のひとりで、岩井の片腕のような男だった。

「あっしは、これで」

そう言うと、弥之助は小走りに左近から離れていった。

4

「け、佳之助《けいのすけ》さま、すこし休ませてください」

青木孫八郎《あおきまごはちろう》が、喘《あえ》ぎながら言った。額や頰《ほお》に玉の汗が浮き、手足がワナワナと震えている。

青木は岩井家に長く仕える初老の用人《ようにん》だった。襷《たすき》がけで白鉢巻き、着物の裾を尻《しり》っ端折《ぱしょ》りし、木刀を手にしていた。勇ましい格好だが、へっぴり腰である。

岩井家の嫡男の佳之助に剣術の稽古《けいこ》相手をせがまれ、庭で相手をしていたのだが、小半刻《こはんとき》(三十分)もすると、息が苦しくなり、体の節々が痛みだした。

佳之助は九歳、半年ほど前に岩井家の屋敷から遠くない沼田《ぬまた》道場に通い始めたのだ。道場主の沼田主膳《しゆぜん》は一刀流中西派の遣い手で、老齢だがまだかくしゃくとしていた。岩井も子供のころから沼田道場に通って一刀流を修行したことから、倅《せがれ》の佳之助も同じ道場に入門させたのである。

「爺《じい》、もう一手だ！」

佳之助が甲高《かんだか》い声を上げて、木刀を青木にむけた。

顔が紅潮し、目がひかっている。佳之助はやる気満々だった。剣術の稽古がおもしろかったし、父と同じ道場に通っていることが誇らしくもあったのだ。

「で、ですが、わたしは、もう腰が……」

青木が、情けない声で言って後じさった。

そのとき、岩井は縁側に座り、妻の登勢《とせ》を相手に茶を飲んでいたが、青木の様子を見て、どれ、どれ、と言って立ち上がった。

岩井が縁先にあった下駄をつっかけて庭に下りると、

「と、殿さま、わたしはもう駄目。……稽古を代わってくだされ」

青木が岩井の脇まで逃げてきて、荒い息を吐きながら言った。

「分かった。分かった。青木は、すこし休め」

そう言って、岩井は青木の木刀を受け取った。

「父上、お相手していただけるのですか」

佳之助が目をかがやかせて訊《き》いた。

「いや、相手というより、指南をしてやろうと思ってな。佳之助、剣術は独り稽古もおろそかにしてはならぬぞ。まず、素振りからだが、真っ向から斬り下げ、敵の丹田《たんでん》まで斬り下げるように振らねばならぬ」

岩井は、佳之助の稽古相手をする気はなかった。何とかうまくごまかして、佳之助に独りで、木刀の素振りでもやらせようと思ったのだ。これまでも佳之助の相手は何度かしてきたが、やっと木刀の握り方や素振りを覚えたばかりの初心者を相手に、適当に打ち込んだり、うまく打たせてやったりするのは、結構気を使って骨が折れるのだ。

「父上、素振りですか」

佳之助は不満そうな顔をした。素振りなら、父に相手してもらわなくとも独りでできると思ったのであろう。

「素振りこそ、剣の基本だ。わしはな、二十歳《はたち》過ぎるまでは、ただひたすらに素振りの修行をしたものだ」

岩井はもっともらしい顔をして言った。

佳之助は口をつぐみ、うらめしそうな顔をして上目遣いに岩井の顔を見上げた。

「よいか、佳之助、父の素振りを見るがよい」

こうなったら、ただの素振りでないことを見せてくれよう、と岩井は腹のなかで思った。

岩井は、青眼に構えて切っ先を佳之助の鼻先に当てた。

どっしりと腰の据わった隙のない構えである。多少、佳之助も威圧を感じるはずだった。

佳之助の顔から不満そうな表情が拭《ぬぐ》い取ったように消え、真剣な目差《まなざし》で岩井を見つめた。

「まいるぞ」

岩井は大きく振りかぶった。

エエイッ！

岩井は裂帛の気合を発しざま、木刀を振り下ろした。

ビュウ、と大気を裂く音がし、木刀の切っ先が佳之助の臍《へそ》あたりでぴたりととまった。手の内を絞ってとめたのである、さすが一刀流の達人である。

佳之助は目を剝き、息をつめていた。岩井の素振りの迫力に圧倒されたようだ。

「どうだな、素振りが大事であることが分かったかな」

「は、はい」

佳之助が喉をつまらせて言った。佳之助は驚嘆と畏敬の目で岩井を見つめている。

「ならば、おまえも振ってみろ。敵を一太刀に、真っ向から丹田まで斬り下げるつもりでな」

「やります」

佳之助はすぐに木刀を構え、エイッ、エイッ、と短い気合を発しながら、素振りを始めた。

「なかなか上手ではないか。……腹に力を入れてな、手の内を絞れ」

岩井は言いながら、後じさりして縁先までもどってきた。そして、縁側に置いてあった湯飲みに手を伸ばすと、冷めた茶を喉を鳴らして飲んだ。

「殿さま、うまく稽古を逃れましたね」

登勢が笑みを浮かべながら小声で言った。

「何を言うか、わしは佳之助と稽古をしたかったのだが、約束を思い出したのだ。西田《にしだ》どのとの碁の約束をな」

そう言って、岩井は立ち上がった。

西田邦次郎《くにじろう》は京橋に住む小普請《こぶしん》の旗本で、岩井の碁仲間ということになっていたが、その実、老中主座、松平伊豆守信明の用人だった。岩井と信明の連絡役である。

岩井は、影目付になる前は幕府の御目付で千石を喰《は》んでいた。ところが、勘定吟味役《かんじょうぎんみやく》の三島《みしま》という男の不正を調べ幕府に上申したことで恨みを買い、岩井家の門前で待ち伏せていた三島にいきなり斬りつけられた。やむなく岩井は三島に応戦し、逆に斬殺《ざんさつ》してしまったのだ。

このことを咎《とが》められ、岩井に切腹の中し渡しがあったが、信明が幕閣に手をまわして岩井の命を助け、向後《こうご》は影目付として生きるよう命じたのである。

信明は江戸市中の安寧《あんねい》を守るため、岩井に表舞台から身を引かせ、町方や火付盗賊改《ひつけとうぞくあらため》が手を出せないような事件を闇で始末させたかったのだ。それに、信明には影目付を自分の直属の隠密として使いたいという思惑もあったようである。

「また、碁でございますか」

登勢が岩井の背後に跟《つ》いてきながら言った。

岩井はときおり碁や市中見まわりなどと称して屋敷を出ていたが、奉公人たちはあまり信じていなかった。小普請で役柄がないため、暇潰《ひまつぶ》しと日頃の無聊《ぶりょう》を慰めるために料理屋に出かけたり、芝居見物に出かけているのだろうと見ていた。ただ、登勢だけは、岩井が幕府から隠密裡に命令を受けていることは気付いているようだった。それでも、信明の密令で影目付の頭として動いていることまでは知らない。

「西田どのにも困ったものだ。こちらの都合など考えん」

岩井は居間の障子をあけながら言った。

「どちらが、お誘いしたものやら」

登勢は小声で言って、笑みを浮かべた。

登勢は二十九歳、ふたりの子を産んでいた。嫡男の佳之助と長女で七つになるたまえである。登勢は若いころは色白でほっそりした美人だったが、ちかごろは肉置《ししお》きが豊かになり、腰まわりなどがどっしりとしてきた。頬や首筋にも、だいぶ贅肉《ぜいにく》が付いたようである。それでも、鼻筋のとおった面立《おもだ》ちや形のいい唇などは若いころのままで、母親らしさのなかにも女の色香は失われていなかった。

「今夜は、すこし遅くなるやもしれぬ。先に休んでいるがよいぞ」

岩井は、着替えを手伝っている登勢にやさしい声で言った。

「殿さまも、あまりご無理をなされますな」

登勢はそう言って、背後から岩井に羽織を着せかけた。

5

岩井が自邸を出てむかった先は、西田でも信明の屋敷でもなかった。本郷にある自邸から湯島に出ると、日本橋へと足をむけた。

岩井は黒羽織に袴姿で二刀を帯びていた。供も連れずに歩く姿は、旗本というより御家人である。岩井は素性を隠すこともあって、あえて身分の低い御家人を装って外出することが多かったのだ。

岩井は賑《にぎ》やかな日本橋通りを南へむかって歩いていく。岩井は京橋、水谷町にある亀田屋《かめだや》という献残屋《けんざんや》へ行くつもりだった。

献残屋は不要になった進物《しんもつ》や献上品を買い集め、必要な人に売る商売だった。贈答品と献上品の再利用である。亀田屋は献残屋だけでなく、中間や女中などの奉公人を斡旋《あっせん》する口入れ屋も兼ねていた。

亀田屋の主人が、影目付のひとりで岩井の片腕である茂蔵だった。茂蔵は影目付になる前まで、黒木与次郎《くろきよじろう》という名の黒鍬頭だった。黒鍬者は御家人以下の身分で、ふだんは諸大名の登城《とじょう》のおり、江戸城の門前で行列の整理などにあたっている。

黒木が黒鍬頭だったころ、配下の黒鍬者が大名の家臣と行列の順序のことで揉《も》め事を起こした。その大名家から公儀に、供奉《ぐふ》の者が黒鍬者に天下の大道で狼藉を受けたとの訴えがあり、上司だった黒木が責任をとらされて死罪になりそうになった。

このことを知った岩井は黒木を江戸から逃亡させ、旅先で抵抗したためやむなく斬殺したと幕府に上申した。そして、数年後に茂蔵と名を変えさせ、町人として江戸へもどしたのである。

岩井がそこまでして黒木を助けたのは、それなりの理由があった。黒木は柔術と捕手《とりて》を主に編まれた制剛流《せいごうりゅう》の達者だった。相手を傷つけず取り押さえたり、無腰で屋敷内に入るときなど黒木ほど頼りになる者はいなかったのである。

江戸にもどった黒木は、岩井の援助で亀田屋を始めた。献残屋と口入れ屋を始めたのは、旗本や御家人の屋敷に出入りすることの多い商売だったからである。献上品の売買は富裕な商人や旗本、御家人などを相手にし、また口入れ屋は旗本、御家人に奉公する中間や女中を斡旋することが多かったのだ。

岩井が亀田屋に着いたのは、七ツ（午後四時）ごろだった。戸口の暖簾《のれん》をくぐると、帳場にいた番頭の栄造《えいぞう》が腰を上げ、揉み手をしながら近寄ってきた。

「これは、これは、岩井さま、よくいらっしゃいました」

栄造は愛想笑いを浮かべながら言った。

岩井は亀田屋の奉公人たちの間では、碁好きの御家人ということになっていた。主人の茂蔵が碁好きで、岩井は碁仲間のひとりと見られていたのである。

もっとも、奉公人といっても、栄造の他には手代《てだい》の音松《おとまつ》、丁稚《でっち》の梅吉《うめきち》、女中のおまさ、それに下働きの万吉《まんきち》がいるだけである。

「また、これでな。あるじはいるかな」

岩井は、碁石をつまんで打つ真似をして見せた。

「はい、半刻（一時間）ほど前に、宇田川さまが見えましてね。いまごろは、熱が入っているころですよ」

栄造は目を細めたまま言った。

実は、岩井は前もって茂蔵に、今日の夕方、店に来ることを伝えてあったのだ。

一昨日の深夜、つなぎ役の弥之助が岩井の屋敷に姿を見せ、大川端で御徒目付と小者が何者かに殺されたことを伝えた。その際、岩井は弥之助に、

「明後日の夕刻、亀田屋に集まるよう手配してくれ」

と、命じておいたのだ。

岩井は、弥之助から話を聞いて看過できないと思った。それに、久し振りで配下の影目付たちに会って、江戸市中の様子を聞いておきたい気持もあったのだ。

岩井は栄造に微笑《ほほえ》みかけ、

「では、勝手に行かせてもらいますぞ」

そう言って、いったん店から出た。店舗の脇から裏手の離れに行くのである。

亀田屋の離れは、店の脇の細い路地をたどると奉公人に見咎められることなく出入りできるようになっていた。しかも、茂蔵が碁好きの仲間と碁を打つ場所にもなっていたので、岩井や左近は、堂々と店の奉公人に話して離れへまわることができたのである。そのため、離

れは影目付たちの密会場所になっていたのだ。

離れには、四人の男が集まっていた。茂蔵、左近、弥之助、喜十《きじゅう》である。もうひとり、お蘭《らん》という女の影目付がいたが、その姿はなかった。お蘭は柳橋《やなぎばし》の芸者で、亀田屋に来ると人目を引くこともあり、離れでの密会にはくわわらないことが多かったのだ。

集まった男たちのなかで、喜十だけが異質だった。深谷《ふかや》の喜十と呼ばれる博奕《ばくち》打ちである。歳《とし》は二十代半ば、頬に刀傷があり、剽悍《ひょうかん》そうな面構《つらがま》えをしていた。喜十は中山道深谷《ふかや》宿ちかくに生れ育ったことから深谷の喜十と呼ばれていたのである。

喜十は水飲み百姓の家に生れたが、子供のころから百姓を嫌い、年とともにちかくの深谷宿に出かけうろつくことが多くなった。十七、八になると博奕を覚え、いっぱしの渡世人のような面をして中山道を流れ歩くようになった。そうしたおり、鴻巣《こうのす》宿で草鞋を脱いだ親分との義理で喧嘩《でいり》にくわわり、相手の親分の倅を斬り殺してしまった。

喜十は、倅を殺された親分の子分たちに命を狙われて江戸まで逃げてきた。ところが、浅草諏訪町《すわちょう》で追っ手につかまり、あわやというとき、通りかかった岩井に助けられて影目付にくわわったのである。岩井は、喜十のような男なら江戸の闇の世界を探るのに使えると踏んだのだ。

戸口に姿をあらわした岩井を見て、

「お頭、お待ちしておりました」

と、茂蔵が言った。

茂蔵は碁盤をなかにして左近と対座していた。奉公人が入ってきても、不審を抱《いだ》かせぬように碁を打っているように見せかけたのである。弥之助と喜十は、戸口からは見えない屏風《びょうぶ》の陰にいた。

「そのまま、つづけてくれ」

そう言って、岩井は碁盤の脇に膝《ひざ》を折った。

「殺されたのは、徒日付の永井峰之助だそうだな」

岩井が碁盤を覗きながら口火を切った。茂蔵と左近は碁を打っているように見えるが、実際は石を適当に並べているだけらしい。おそらく、茂蔵たち四人で、事件のことを話していたのだろう。

「はい、永井に相違ありませぬ」

左近が碁盤に目を落としたまま言った。

「それで、新たに知れたことは？」

岩井は弥之助から話を聞いたとき、辻斬りや追剝ぎの仕業《しわざ》ではないと直感したのだ。

「殺された夜、永井は本湊町《ほんみなとちょう》に行ったようです」

茂蔵が言った。

まだ、永井と小者が大川端で殺されて三日目だった。茂蔵、左近、弥之助の三人で、大川端の道筋をたどって聞き込み、行徳《ぎょうとく》河岸の船頭から、殺された侍と供の者らしい二人連れが、本湊町の大川の河口沿いの道を歩いているのを見かけたという証言を得ただけだった。

本湊町は佃島《つくだじま》の対岸にひろがる町で、八丁堀に近かった。そうしたこともあり、茂蔵たちは、永井と小者は所用があって本湊町へ行き、八丁堀を抜けて日本橋から両国へ帰る途中ではなかったかと読んだのである。それというのも、永井家の屋敷は両国橋のそばの薬研堀近くにあったからである。

「わしは、根の深い事件のような気がする」

岩井が小声で言った。

「いかさま」

左近が応じた。

「まだ、伊豆守さまのご指示は受けておらぬが、探ってみねばなるまい」

伊豆守とは、信明のことである。通常、岩井たち影目付は信明の命《めい》で動くことが多い。ただ、信明の命を待っていたのでは遅いこともあり、これはという事件のおりには岩井の独自の判断で探索を開始することもまれではなかった。

「それで、われらはどう動きますか」

茂蔵が、白石をパチリと碁盤の上に置いた。

「まず、永井が何を探っていたか、調べてみてくれ」

永井は御徒目付だった。御徒目付は御目付の配下で、主に御目見《おめみえ》以下の幕臣を監察糾弾する役柄である。永井は、幕臣の不正の探索のために本湊町へ出向いたのかもしれない。

「承知しました」

茂蔵が言い、左近がうなずいた。

「それからな、念のために永井が殺された夜、付近でうろんな者を見かけなかったか、聞き込んでみてくれ。……下手人は尋常な者ではないようだ」

永井は腕の立つ武士に斬殺されたようだが、小者の頭を割った下手人は常人ではないような気がした。

「あっしらが、聞き込みにあたりやすぜ」

屏風の陰にいた喜十が声を上げた。

「そうしてくれ」

岩井は、喜十と弥之助に聞き込みを頼むことにした。

それから、岩井は一刻（二時間）ほど茂蔵たち四人と話してから腰を上げた。碁を打ちにきた手前、早く出過ぎると亀田屋の奉公人に疑われるからである。

離れを出ると、辺りは濃い暮色につつまれていた。すでに、暮れ六ツ(午後六時)は過ぎたようだ。

6

日本橋室町。呉服屋、越野屋《こしのや》は賑やかな表通りに土蔵造りの店舗を構えていた。近隣では名の知れた大店《おおだな》である。

矢島安之丞《やじまやすのじょう》は唐八《とうはち》とおえいを連れて、越野屋の店先に立った。矢島は五十がらみ、赤ら顔の巨漢である。羽織袴姿で二刀を帯びていた。百二十石を喰む御家人である。唐八は二十五歳、中間のような身装《みなり》をしているが、日本橋伊勢町あたりを縄張りにしている地まわりだった。

おえいは、振り袖姿で武家娘のような格好をしていたが、伊勢町にある料理屋の座敷女中である。

「今日の鴨《かも》は、この店だ」

矢島が低い声で言った。唐八とおえいは、薄笑いを浮かべただけである。

矢島たちは暖簾をくぐって越野屋に入った。土間の先が、畳敷きのひろい売り場になっていて、その先には呉服がしまってある引き出しがびっしりと並んでいた。何人もの丁稚が反物《たんもの》を運んだり、手代が客を相手に反物を見せたり商談をしたり、忙しそうに立ち働いていた。

客は商家の御新造《ごしんぞ》、供連れの武士、武家の妻女、町娘などで、店内は華やいだ雰囲気につつまれていた。

売り場の框《かまち》近くにいた手代らしき男が、矢島たち三人を目にして、腰を低くして近寄ってきた。

「いらっしゃいませ。手代の伊之助《いのすけ》でございます」

伊之助が笑みを浮かべ、揉み手をしながら言った。

「娘に、振り袖をあつらえてやろうと思ってな」

矢島は脇にいるおえいに目をやりながら言った。おえいは娘らしく、はにかむような顔をして視線を足元に落としている。

「お嬢さまのようなお美しい方なら、どのようなお召し物もお似合いでしょうが、お好みの柄もおありでございましょう。ともかく、お上がりになって、御覧くださいまし」

伊之助は、そう言って矢島とおえいを売り場に上げた。中間の唐八は、客の邪魔にならないように土間の隅にひかえている。

伊之助は矢島とおえいが腰を落ち着けると、

「お嬢さまに、お似合いの柄をお持ちいたしましょう」

と言い残し、近くにいた丁稚に手伝わせて幾つもの反物を両手に抱えるようにして運んできた。

「これなどは、お似合いだと思いますよ」

伊之助は、朱の地に菊花の模様のある華やかな反物をひろげて見せた。

「どれ、見せてみろ」

矢島は反物を伊之助から受け取り、おえいに手渡した。

おえいが、その反物を肩口から胸にかけて当てたとき、矢島が、

「これもいいが、そこの亀甲《きっこう》模様《もよう》と鶴の柄を見せてくれ」

と言って、伊之助の膝の脇に置いてあった反物を指差した。

「これでございますか」

伊之助が脇に目をやり、反物を手にしたときだった。

おえいが、すばやく襟元《えりもと》から薄い剃刀《かみそり》のような刃物を取り出し、手にした反物を切り裂いた。そして、何食わぬ顔をして刃物を襟元に隠したのである。一瞬の動きで、伊之助はまっ

たく気付かなかった。

「どうぞ、御覧くださいまし」

そう言って、伊之助が反物を矢島に手渡したとき、

「あれ、こんなところに疵《きず》が」

おえいが、戸惑うような顔をして言った。

「疵だと。どれ、見せてみろ」

矢島がおえいの手にした反物に目をむけた。

「父上、ここに」

おえいが、反物の端を矢島に見せた。五寸ほど、斜《はす》に裂けている。

途端に、矢島の顔色が変わった。赤ら顔が紅潮して赭黒《あかぐろ》く染まり、ギョロリとした目が憤《ふん》怒《ぬ》でつり上がった。

いきなり、矢島はかたわらの刀を手にすると、

「疵物を売り付けるつもりだったな」

と、伊之助を睨みすえながら言った。

「めっ、滅相もございません。な、何かの手違いでございます。……それは、お返しくださいまし」

伊之助が声を震わせながら言った。

「貧乏御家人と見て、われらを愚弄《ぐろう》しおったか！」

「そ、そのようなことは、ございません」

「ええい、このままでは、武士の面目がたたぬわ。あるじを呼べ。この場で成敗いたし、それがしもここで腹を切る」

矢島は激昂《げっこう》し、腰を浮かせて刀を抜きかけた。大柄な体が憤怒に顫え、いまにも斬りつけかねない剣幕だった。おえいは怯《おび》えたような顔をして、肩をすぼめている。

「お、お武家さま、お思いちがいでございます。……か、お刀を、お離しくださいまし」

伊之助は恐怖で蒼ざめ、腰を浮かせて後じさった。

近くにいた客は巻き添えを恐れ、慌ててその場から逃げた。店の奉公人たちも、息をつめてことの成り行きを見つめている。

「あるじを呼べ！　成敗してくれる」

矢島が怒りの声を上げたとき、帳場にいた番頭が慌てた様子で売り場に出てきた。五十がらみ、小柄で目の細い男である。

「お武家さま、奥で、あるじからお詫びもうしあげます」

番頭が、困惑に顔をゆがめて言った。ただ、声はうわずっていなかった。小声だが、落ち着いたひびきがある。これまでも、店内の様々な揉め事に対処してきたのであろう。

「おまえは」

矢島が番頭を睨みながら訊いた。

「番頭の粂蔵《くめぞう》でございます。ここは、お客さまが大勢おりますので、奥で話をうけたまわります」

粂蔵は低い声で言った。

「いいだろう。おれも、このような場所で刀を振りまわすのは、本意ではないからな」

矢島は刀の柄から右手を離して座りなおした。体の顫えは収まり、顔も元の赤ら顔にもどっている。

粂蔵が矢島とおえいを連れていったのは、帳場の奥の座敷だった。そこは、特別な客と商談する座敷らしく、水墨画のかかった床の間があり、障子の向こうには石灯籠《いしどうろう》と紅葉《もみじ》を配置した坪庭が見えた。

矢島とおえいが座布団に腰を落ち着けるとすぐに、粂蔵が五十がらみの痩身の男を連れてきた。絽羽織《ろばおり》に細縞《ほそじま》の単衣《ひとえ》、海老茶の角帯といういかにも大店の旦那らしい身拵えの男である。

「あるじの仙右衛門《せんえもん》にございます」

仙右衛門はやわらかな物言いで挨拶した。

「条蔵から事情は聞いたと思うが、大勢の客の前で愚弄されては、武士の面目がたたぬゆえ、店のあるじを成敗いたし、それがしも腹を切る所存だ」

矢島はふたたび憤怒の色を浮かべ、語気を強めて言った。

「これは、何かの手違いかと存じますが、お客さまにお出しする品物の疵に気付かなかったのは、当店の手落ちでございます」

仙右衛門は、お詫びもうし上げます、と丁寧に言い、畳に両手をついて頭を下げた。脇に座した条蔵もいっしょに頭を下げている。

「そう、下手に出られると、文句も言えなくなるが、このままではおれも引っ込みがつかぬ」

矢島はなおも憮然《ぶぜん》とした顔で言った。

「これは、些少《さしょう》でございますが、お詫びのしるしでございます」

仙右衛門はふところから折り畳んだ奉書紙を取り出し、矢島の膝先に置いた。条蔵から事情を聞いて、すぐに用意したらしい。

……十両か。

矢島は、紙の膨らみ具合からそう読んだ。

「うむ……」

まァ、こんなところか、と矢島は胸の内で思ったが、すぐに手を出すと、当初から因縁《いんねん》をつけて強請《ゆす》る魂胆だったと思われるので、戸惑うような顔をして逡巡《しゅんじゅん》していた。

「お武家さまのご機嫌をそこねた、せめてものお詫びでございます」

仙右衛門がさらに言った。

「そういうことなら、受け取っておくか」

矢島は奉書紙を手にしてふところに入れた。一瞬、おえいは薄笑いを浮かべたが、すぐに表情を消し、殊勝な顔をして座していた。

「お武家さまのお名前をお伺いしても、よろしゅうございますか」

矢島が奉書紙をふところにしまったのを見て、仙右衛門が言った。物言いはやわらかかったが、目には矢島の心底を探るような色があった。

「本郷に屋敷のある大泉孫十郎《おおいずみまごじゅうろう》だ。連れてきたのは、娘のたきである」

矢島は口から出任せを言った。すると、脇にいたおえいが、たきでございます、と小声で言って頭を下げた。

「大泉さま、これに懲りずに、またおいでくださいまし」

脇に控えていた粂蔵が言い添えた。笑みを浮かべて言ったが、言葉にはひややかなひびきが含まれていた。二度と来ないでくれ、と言いたかったのであろう。

「あらためて、出直すことにいたそう」

そう言って、矢島は腰を上げた。金さえもらえば、長居は無用である。

矢島たち三人は越野屋から出ると、表通りを足早に日本橋の方へむかった。日本橋通りは大変な賑わいを見せていた。様々な身分の老若男女が行き交い、靄《もや》のような砂埃《すなぼこり》が立っている。

「旦那、うまくいきやしたね」

唐八が歩きながら言った。額が妙にひろく、目が落ちくぼんでいる。その額が初秋の陽射しにひかっていた。

「十両だ。まァ、こんなところだろうな」

矢島は、ふところ手をしながら歩いていた。

「旦那、笹乃屋《ささのや》で一杯やっていくかい」

おえいが、蓮っ葉《はすっぱ》な調子で言った。これが、おえいの本来の言葉遣いである。笹乃屋はおえいが勤めている料理屋である。

「いいだろう」

矢島は、昼間から料理屋で酒を飲むのはどうかと思ったが喉が渇いていたのだ。

7

「さァ、半か丁か！」

唐八が声を上げた。

両袖をたくし上げ、座布団を前にして胡座《あぐら》をかいていた。ひろげた股間から褌《ふんどし》が覗いている。唐八は、手にした壺を盆茣蓙《ぼんござ》代わりの座布団に伏せたところである。

「丁だ！」

向かいで胡座をかいている大柄の男が言った。

歳は四十代後半。眉が濃く、頤の張ったいかつい顔の男だった。棒縞《ぼうじま》の単衣を着流し、角帯姿である。莨盆《たばこぼん》のそばには珊瑚《さんご》の瓢箪《ひょうたん》の根付《ねつけ》のついた洒落《しゃれ》た莨入れが置いてあった。この男の名は狛犬《こまいぬ》の勘兵衛《かんべえ》。笹乃屋のあるじだが、若いころは博奕打ちだった。背中に狛犬の入れ墨があることから、狛犬の勘兵衛と呼ばれていたのである。

「勝負！」

声と同時に、唐八が壺を上げた。二、六、の丁である。

「ちくしょう、ついてねえ」

唐八はいまいましそうに言って、座布団の脇に置いてあった一朱銀を勘兵衛の膝先に押しやった。

「おい、昼間っから博奕かい。それに、仲間内で小銭をやり取りしても、つまらねえだろう」

矢島が不機嫌そうに言った。武家に似合わぬやくざ者のような伝法な物言いである。

本所横網町《ほんじょよこあみちょう》、回向院《えこういん》の北側にある矢島の屋敷である。庭に面した縁側のつづきの居間に、四人の男がいた。当主の矢島、唐八、勘兵衛、それに牢人の柳沢八十郎《やなぎさわやじゅうろう》である。

柳沢はひとり離れ、座敷の隅の柱に背をもたせかけて貧乏徳利の酒を湯飲みで飲んでいた。総髪で顎の尖《とが》った顔をしていた。底びかりのする細い目、黒ずんだうすい唇、土気色の生気のない肌。死人のように表情のない顔をしている。

ときおり、柳沢の口から細い物悲しい音が聞こえた。喉から洩れてくるようだ。咳を抑えたために起こる喘鳴らしい。

大川端で永井峰之助を斬ったのは、柳沢である。

「旦那、また、呉服屋でも強請りやすかい」

唐八が壺のなかの賽子《さいころ》をまわしながら言った。

「三人かがりで仕掛けて、十や二十の金をちまちま強請り取っても、埒《らち》が明かねえ。それに、同じ手を何度も使ャァ、足がつくぜ。町方だって、ぼんくらばっかり揃ってるわけじゃァねえからな」

矢島はそう言って、湯飲みの酒を渋い顔でかたむけた。

矢島は二十歳で家督を継いだときから小普請だった。暇を持て余し、遊び好きだったこともあって若いころから遊蕩三昧《ゆうとうざんまい》の暮らしをつづけていた。家督を継いで間もなく、おきぬという御家人の娘を嫁にもらったが、子供ができなかったこともあり、放蕩な暮らしは改まらなかった。

しだいに放埓《ほうらつ》な暮らしは度を増し、酒色におぼれるだけでなく、博奕にも手を出し、悪い仲間と付き合うようになった。そして、百二十石の扶持では遊ぶ金が足りなくなり、仲間と組んで商家を強請ったり、町娘を騙《だま》して女郎屋に売ったりした。さらに、ちかごろは商家だけでなく、武家にも悪の手を伸ばすようになった。大身の旗本や大名の弱みをにぎって脅したり、何人もの仲間で組んで一芝居打って、大金を強請り取ったりしていたのである。

矢島はつぶれ御家人と陰口される悪党であった。そして、矢島屋敷は仲間の悪党連中の溜まり場のようになっていたのだ。

「それで、何か金になりそうな話はありますかい」

勘兵衛が低い声で訊いた。

「ねえ。それに、ちかごろお上《かみ》の目付筋も動いてるようなんでな。迂闊《うかつ》には、動けねえのさ」

そう言って、矢島は座敷の隅にいる柳沢に目をやった。

柳沢は何の反応も示さず、死人のような表情のない顔で酒を飲んでいる。

そのとき、廊下を歩く足音がし、障子の向こうに人の近付く気配がした。座敷にいる男たちは口をとじ、障子の向こうの気配をうかがった。

「旦那さま」

か細い女の声がした。

矢島の妻のおきぬである。おきぬは小心で嫁に来た当時から病気がちだったこともあり、矢島の放蕩な暮らしも見て見ぬふりをしてきた。四十を越したころから病気がちで寝たり起きたりの暮らしがつづき、ちかごろは矢島の身のまわりや家事を何とかこなすだけで、矢島とあまり口もきかなくなった。

矢島家には、おとしという通いの女中と下働きの権助《ごんすけ》がいた。おとしは四十がらみ、愚鈍な女で矢島が悪事に手を染めていることは分からないようだった。また、権助は還暦にちかい老齢で、先代のころから矢島家に仕えていた。働き者で言われたことはかたくなに守る律義な男である。矢島にとってはまことに都合のいいふたりだった。

もっとも、矢島はふたりを家においても差し支えないと踏んだからこそ奉公させておいたので、十年ほど前までは中間もいたのだが、働きが悪いと言ってやめさせたのである。

そうしたことがあって、矢島家では矢島の放蕩無頼をたしなめたり、やくざ者たちが出入りするのを非難したりする者がいなかった。そのため、矢島家は悪党の巣のようになってしまったのである。

「どうした、おきぬ」

矢島が訊いた。

「鎌田《かまた》錬次郎《れんじろう》さまというお方が、お見えです」

おきぬは、力のない細い声で言った。

「鎌田だと」

矢島は何者なのか思い出せなかった。

「板倉重利《いたくらしげとし》さまの御用人とか」

「なに、板倉さま！」

思わず、矢島の声が大きくなった。

板倉重利は大身の旗本で、御側衆《おそばしゅう》の要職にある。御側衆は将軍に近侍する役で、将軍に直接言上《ごんじょう》したり取り次いだりするため大変な権勢があった。また、役高は五千石で老中待遇である。矢島のような御家人にとっては雲の上の人物だった。

ただ、矢島と板倉は特別な姻戚《いんせき》関係にあった。二十数年も前の話だが、矢島の妹の里枝《さとえ》が、板倉の側妻《そばめ》として板倉家へ上がったのである。もっとも、そのころは板倉も千石高の御小姓組頭に過ぎなかった。

……それにしても、いまごろ何の用であろう。

矢島は訝《いぶか》った。

十数年前に里枝は病死し、その後、身分がちがうこともあって両家の付き合いは途絶え、矢島は板倉と顔を合わせることもなくなったのである。

「おきぬ、客間へ通してくれ」

怪訝《けげん》に思ったが、板倉の使いを追い返すわけにはいかなかった。

矢島は、大事な客だ、静かにしてろよ、と唐八と勘兵衛に釘を刺してから腰を上げた。

鎌田は初老の男だった。肌が浅黒く、細い目をしていた。座敷に入って来た矢島を素早く一瞥《いちべつ》してから、口元に笑みを浮かべた。

「板倉家に奉公しております鎌田錬次郎にございます」

鎌田は丁寧な物言いをした。

「矢島安之丞でござるが、板倉さまがそれがしのような者に何用でござろうか」

矢島は、まず用件を訊いた。妹が側妻だったとはいえ、現在板倉との関係は赤の他人と変わらないのである。

「殿は、矢島さまにおりいってご相談があると仰せられました」

「相談とな」

御側衆の要職にある者が、小普請の御家人に何の相談があるというのだろう。

「どのような相談かは、承《うけたまわ》っておりませぬ」

「それで？」

矢島は、板倉が矢島の悪行ぶりを耳にし、意見をするつもりではないかと思ったが、いまさら、板倉が矢島家とかかわりがあることを自ら認めるようなことをするはずはなかった。

「明後日、屋敷までおこしいただきたいのでございます」

板倉家は、神田小川町にあった。

矢島はいっとき黙考していたが、

「お伺いいたしましょう」

と、返答した。どのような話であれ、矢島は板倉の申し出を拒否できる立場になかったのである。

第二章　誘い水

1

「旦那、相手は五千石の旗本ですぜ。せめて、四、五人は連れていかねえと、格好がつかねえでしょう」

　唐八が口を尖らせて言った。

「おめえひとりでたくさんだよ。強請りに行くんじゃァねえ。話を聞きに行くだけだ」

　矢島は唐八を連れて、小川町にむかっていた。板倉重利と会うためだった。おえいや勘兵衛などを連れていけば、かえって日頃の悪行を知らせるようなものである。

　矢島は羽織袴姿で二刀を帯びていた。従っている唐八は、中間の格好だった。

「金になる話ですかね」

　唐八が訊いた。

「どうかな。あまりいい話じゃァねえかもしれねえぜ」

　御側衆の板倉が、矢島の益になるような話を持ち出すとは思えなかったのだ。

「屋敷に入った途端にご用なんてなァ、嫌ですぜ」

唐八が首をすくめて言った。

「馬鹿野郎、板倉さまは町方じゃァねえんだ」

矢島たちを捕縛《ほばく》するとは、考えられなかった。よしんば、その気があったとしても、己の屋敷内で捕らえることなど絶対にないはずだ。

「こうなったら、腹をくって行くしかねえか」

唐八がつぶやくような声で言った。

板倉家の屋敷は、小川町の大身の旗本や大名屋敷などがつづく通りにあった。五千石の旗本にふさわしい豪壮な長屋門を構えていた。敷地内では屋敷林が深緑を茂らせ、その葉叢《はむら》の間から屋敷の甍《いらか》が幾重にも連なって見えた。

「そろそろ、七ツ（午後四時）だな」

矢島が頭上を見上げて言った。陽は西の空にかたむき、通りを板倉家の屋敷林の長い影がおおっていた。矢島は板倉が下城した後、七ツごろに訪ねることになっていたのだ。

「それにしても、でけえ屋敷だ」

唐八が表門の前につっ立って言った。顔がこわばっている。

「おめえは、中間部屋かどこかで待つことになるぜ」

「中間部屋なら、馴染《なじ》みがありやすんで」

唐八がうす笑いを浮かべて言った。どこかの小旗本の中間部屋で博奕でも打ったことがあるのだろう。

ふたりが門前でそんな話をしていると、門扉の脇のくぐり戸があき、初老の男が若党らしき侍を連れて姿を見せた。鎌田である。

「矢島さま、お待ちしておりました」

鎌田が腰をかがめて近付いてきた。

「板倉さまは？」

「さきほど、城よりお帰りになりました。さァ、お入りくだされ」

そう言って、矢島と唐八をくぐりから屋敷内に入れた。

鎌田が矢島を招じ入れたのは、玄関の脇の書院だった。それほど豪勢な造りではなかった。おそらく、板倉より身分の低い者を応接するための部屋であろう。

座していっとき待つと、廊下をせわしそうに歩く足音がし、鎌田と板倉が姿をあらわした。板倉は小紋の小袖を着流し、紺足袋《こんたび》というくつろいだ格好だった。下城後、裃《かみしも》を着替えたらしい。

板倉は五十代半ば、恰幅《かっぷく》がよく、血色のいい顔をしていた。頰がふっくらし、耳朶《みみたぶ》が妙に大きい。福相の主で、おだやかそうな面立ちをしている。

十数年前に矢島が会ったときは、もうすこし痩《や》せていて身辺に能吏《のうり》らしい雰囲気がただよっていた。いまは、お大尽のような余裕と貫禄がある。ただ、矢島にむけられた細い目には、刺すような鋭いひかりがあった。

「矢島、久し振りじゃのう」

板倉は対座すると満面に笑みを浮かべたが、目は笑っていなかった。福々しい顔だけに、鋭い目がかえって不気味である。

「板倉さまにおかれては息災のご様子にて、恭悦至極《きょうえつしごく》に存じまする」

矢島は深く低頭し、舌を嚙《か》みそうな挨拶をした。

「堅い挨拶は抜きじゃ。楽にいたせ」

板倉は、脇に控えている鎌田に、この男と内密な話があるゆえ、しばし、座をはずせ、と小声で命じた。

板倉は鎌田が座敷から出て行くのを待ってから、

「そちに頼みがある」

と、声を低くして言った。顔の笑みは消えている。

「何でございましょう」

「老中、松平伊豆守さまを存じておるか」

いきなり、板倉が訊いた。

「お名前だけは」

松平伊豆守信明は老中主座で、幕政の舵《かじ》を握る男だった。矢島など、まともに顔も見られないほどの大物である。

「伊豆守さまの許《もと》で隠密裡に動く影目付なる者たちがいるのだが、噂にきいたことがあるかな」

「影目付でございますか。……耳にしたことはございませぬ」

まったく、聞いたことはなかった。幕府で新たに組織された目付筋なのであろうか。

「その者たちは闇にひそみ、亡者《もうじゃ》と名乗っておるのだ」

「亡者とは！」

矢島は驚いた。尋常な者たちではないようだ。

「亡者どもは、伊豆守さまに盾突く者は情け容赦なく闇に葬っておるのだ」

「それは、また」

幕閣のなかでの確執に、影目付と名乗る者たちが暗殺の剣をふるっているらしい。

「そちは知るまいが、若年寄の水野出羽守《みずのでわのかみ》さまは、ちかいうちに伊豆守さまに代わって老中になられて幕政を担うと目《もく》されているお方なのだが、その出羽守さまを抑えようと、伊豆守さまは躍起になっておるのだ。そうしたことがあって、亡者どもは出羽守さまの側近に刃《やいば》をむけることが多いのだ」

板倉の細い目に憎悪《ぞうお》の色があった。

板倉は出羽守の片腕と目されている男である。板倉が口にしたことが事実なら、板倉の側近のなかにも闇に葬られた者がいるのかもしれない。

「それで、それがしは何をすればよろしいので」

矢島が訊いた。板倉の話はおもしろいが、幕閣同士の確執で自分とかかわりがあるとは思えなかった。

「聞くところによると、そちの身辺には、腕に覚えの者がいるそうではないか」

そう言って、板倉は心底を覗くような目で矢島を見た。口元に皮肉るような嗤《わら》いが浮いたが、すぐに消えた。どうやら、板倉は支配下の目付から矢島の噂を聞いたらしい。となると、矢島の悪行も耳にしているかもしれない。

「いえ、それがしの知り合いは、傘張りをしたり草花を育てたりしている武士からぬ者たちばかりでございます」

矢島はそう言って、とぼけた。

この時代、微禄の御家人は俸禄だけでは食っていけず、傘張りなどの手仕事や草花の栽培などを内職にしている者がすくなくなかった。矢島も己の悪行を隠すために、内職でやっと暮らしを立てていることを匂《にお》わせたのだ。

「それは、難儀じゃな。なれば、板倉家としても、多少合力してやらねばなるまいな」

板倉はうす笑いを浮かべ、さらにつづけた。

「だが、そちとしては、ただ合力を受けるのは本意ではあるまい。どうじゃな、わしの依頼した任務を果たし、報酬を受けることにしたら」

「それがし、長いこと非役がつづきましたゆえ、堅苦しい役向きは務まりませぬ」

矢島ははっきりと言った。この歳になって出仕する気などなかったし、どんな役柄も務まらないだろう。

「いまのままの暮らしでよいのじゃ。わしも、そちを出仕させる気など毛頭ない。わしが頼みたいのは、さきほど話した闇に棲《す》む亡者どもの始末じゃ」

板倉の顔がひきしまり、矢島を見つめる双眸《そうぼう》が鋭くひかっていた。ふくよかさが拭《ぬぐ》い取ったように消え、凄みのある顔に豹変している。

2

「亡者の始末」

　矢島が驚いたように聞き返した。

「そうじゃ。……相手は闇に棲む者たちゆえ、始末しても町方や公儀の咎めを受けることはない」

　板倉が低い声で言った。

「それはまた、何とも恐ろしい」

　矢島は怯えたような表情を浮かべて見せた。亡者たちを殺せということらしいが、簡単にはいかないだろう。相手は遊び人や博奕打ちとはちがう得体の知れぬ者たちである。

　そのとき、矢島の胸の内には、おもしろい、という気持もあった。つぶれ御家人と揶揄され、商家を騙したり町娘を誑《たぶら》かしたりして、はした金を巻き上げている半端者たちが、闇に棲む亡者たちを始末するのである。

「どうだ、相応の報酬を払うつもりでいるが」

「ですが、相手は容易ならぬ者たちでございましょう。われらのような半端者が、太刀打ちできるような相手ではない気がいたしますが」

　矢島は、簡単には承知できないと思った。おそらく、影目付たちは手練であろう。板倉の手の者をしても影目付たちを始末できなかったにちがいない。だからこそ、十数年も疎遠だった者を引っ張り出したのだ。

「矢島、これからも商人《あきんど》や旗本からわずかな金を脅し取って、町方や目付筋から追われ、逃げ隠れしながら生きるつもりか」

「い、いえ、そのようなことは……」

　思わず、矢島は首をすくめた。どうやら、板倉は矢島の悪行も知っているようだ。ということは、幕府の御徒目付や御小人《おこびと》目付が、矢島の身辺を洗っているからであろう。御徒目付の永井峰之助が斬られたことも、板倉の耳に入っているかもしれない。

「いまのままでは、そちの首も長くはつながっておらぬぞ」

　板倉の声に恫喝《どうかつ》するようなひびきがくわわった。

「そりゃァ困る。……板倉さま、どうでしょう。板倉さまのお力で、御目付筋を抑えちゃァもらえませんかね。そうしていただければ、板倉さまのご意向に沿うこともできますが」

　矢島の物言いが伝法になった。追いつめられて地が出たのである。

「そちにその気があれば、目付筋に手をまわして、そちの探索をやめさせてもよい。わしとしても、そちたちが捕らえられて、わしとのかかわりをしゃべられたのでは、たまらんからな」

板倉が薄笑いを浮かべて言った。

「そういうことでしたら、亡者どもを始末してもいいんですがね。おれの仲間は腕は立つが、金を使わないと動かないもので……」

矢島は上目遣いに板倉を見た。どうせなら、すこしでも多く金を出させたかったのである。

「むろん、相応の報酬を渡すが、その前に厳守してもらいたいことがある。向後、どのような目に遭おうと、そちはむろんのこと仲間の者たちも、わしとのかかわりはいっさい口外してはならん。さらに、今後、町方や目付筋の探索を受けるような悪行は厳につつしむことじゃ。……どうじゃ、それができるか」

板倉が語気を強めて言った。

「おれたちはやくざ者だが、男の仁義は守りますよ。ただし、そちらも目付筋を抑えるという約定《やくじょう》は守ってもらいたい」

矢島は板倉を見すえて言った。こうなったら、縁戚関係も相手の身分も関係なかった。男としてのかかわりだけである。

「分かった。……では、手付け金として、これを収めてくれ」

板倉はふところから袱紗《ふくさ》包みを取り出し、

「取りあえず、三百両渡しておく。影目付の頭目を始末すれば、千両。配下の亡者どもはひとりにつき三百両出そう」

そう言って、袱紗包みを矢島の膝先に押し出した。

「さすが、板倉さまだ。桁《けた》がちがう」

矢島はニヤリとして、袱紗包みをふところにねじ込んだ。

「それだけ、影目付どもが強敵だということだ」

「その影目付だが、何者なんです」

矢島が訊いた。

「名も素性も知れぬ。分かっていることは、伊豆守さまの密命で動く影の組織ということだけだ」

「それでは、つきとめようがない」

雲をつかむような話である。まさに、闇に棲む亡者を殺せと言われたに等しい。

「手はある」

板倉が言った。

「どんな手です」

「誘い水を使うんだ」

板倉が目をひからせてつづけた。

「亡者どもを闇からおびき出せばいい。さきほども話したとおり、影目付たちは伊豆守さまの配下なのだ。伊豆守さまを揺さぶれば、かならず影目付たちが姿をあらわす」

「なるほど。……ですが、伊豆守さまの家臣に手を出してもかまいませんか。伊豆守さまは、ご老中ですよ」

「かまわん。ただし、わしも出羽守さまも、あずかり知らぬことだぞ」

板倉が念を押すように言った。

「分かってますよ」

そう言って、矢島は立ち上がった。話は済んだのである。

玄関先で、唐八が待っていた。ふたりはくぐりから門外へ出ると、来た道を引き返した。

「旦那、どんな話でした」

板倉家の門前から離れると、すぐに唐八が訊いた。

「金になる話だ。それも桁ちがいのな」

矢島がふところを押さえながら、手付金として、三百両もらってきた、と小声で言った。

「そいつは、すげえ！　それで、何をやりやす」

唐八が声をはずませて訊いた。

「闇に棲む亡者どもを皆殺しにする」

「亡者……」

唐八がきょとんとした顔をして矢島を見た。

3

長屋の腰高障子の向こうで、女たちの声が聞こえた。歩きながら話しているらしく、下駄の音もする。

子供の話らしかった。若い女房が、赤子がやっと立って歩くようになったことを嬉しそうに話し、相手の年嵩《としかさ》の女房が、うちの子は喧嘩《けんか》ばっかりして困る、と嘆いていた。ふたりの下駄の音と話し声はしだいに遠くなり、やがて聞こえなくなった。

……赤子か。

柳沢八十郎は、部屋の隅の柱に背をあずけて貧乏徳利の酒を湯飲みで飲んでいた。肴《さかな》は小皿の味噌だけである。すでに、そうやって酒を飲み始めて一刻（二時間）ちかく経《た》つ。酔いが体をつつんでいたが、表情のない死人のような顔は変わらなかった。

ときおり、女のすすり泣くような悲哀に満ちた音が喉から洩れた。喘鳴である。咳を抑えようとすると、喉の粘膜を震わし、細い喘鳴が洩れるのである。二年ほど前から、ときおり咳込み、そうした状態になった。

……労咳《ろうがい》かも知れぬ。

と、柳沢は思っていた。

ただ、それほど苦しくなかったこともあって、療養する気にはならなかった。それに、柳沢には惜しい命ではなかったのだ。労咳で死ぬなら、それもいいだろうと思っていたのである。

腰高障子を染めていた夕陽が、いつの間にか淡い夕闇に変わっていた。座敷のなかの闇が深くなっている。

柳沢はふたりの女房の会話から、五年前に死んだ妻の紀枝《のりえ》のことを思い出していた。

……腹の赤子が死んだとき、紀枝も死んだのかもしれぬ。

柳沢は闇に目をむけながらつぶやいた。

柳沢は陸奥国《むつのくに》渋江《しぶえ》藩十二万石の先手《さきて》組《ぐみ》で五十石を喰んでいた。剣も藩内では名の知れた遣い手であった。柳沢は子供のころから城下にあった直心影流《じきしんかげりゅう》の吉岡《よしおか》道場に通い、二十歳を過ぎたころには若手の俊英と謳《うた》われるほどになっていたのだ。

道場主は吉岡玄水《げんすい》で、藩内一の遣い手と目されていた。吉岡は若いころから江戸勤番として江戸の藩邸に住み、そのおり直心影流を修行して精妙を得、領内にもどって道場をひらいたのである。

紀枝は吉岡の娘だった。柳沢は道場に通ううち、紀枝と心を通じ合うようになった。そして、家督を継いで先手組に出仕するのを機に紀枝を嫁にむかえたのである。

そのころの柳沢は幸せだったが、長くはつづかなかった。紀枝はなかなか身籠《みご》もらず、孫の誕生を心待ちにしながら隠居していた父の半右衛門《はんえもん》が病死し、その一年後、連れ合いの後を追うように母親のみちが急逝した。

皮肉なことに、孫の誕生を心待ちにしていた父母が死んだ翌年、紀枝が身籠もった。柳沢といっしょになって五年後のことだった。

柳沢はむろんのこと紀枝の喜びもひとしおだった。暗かった柳沢家に一筋のひかりが射し込んだような慶事であった。

ところが、紀枝が身籠もったことが知れた二月《ふたつき》ほど後、柳沢の運命が暗転した。

その日、紀枝は父母に身籠もったことを知らせるため吉助《きちすけ》という初老の下男を連れて吉岡道場へ出かけた。

久し振りであった父母と話がはずみ、紀枝が吉岡家を出たのは暮れ六ツ（午後六時）ちかくで、陽は西の山並の向こうに沈みかけていた。

道場を出て数町歩くと、道は鷹《たか》の巣《す》の森と呼ばれる森林のなかへ入った。森のなかの樅《もみ》や松の巨樹に鷹が巣を作ることが多く、住民の間でそう呼ばれていたのである。

紀枝はそれほど怖いとは思わなかった。通りの先に下城する武士の姿がひとり、ふたりと見えたからである。

すでに森のなかは淡い夕闇につつまれ、樅や杉の枝葉が風に揺れる音だけが聞こえていた。紀枝と吉助が森のなかへ入っていっとき歩くと、道がまがって視界のとざされたところへ来た。

と、樅の幹の陰から突然、黒い人影が飛び出した。ふたりだった。ふたりは黒布で顔を隠していたが、武士であることは身装《みなり》から分かった。

ふたりは紀枝に飛びかかると、その場に押し倒し、肩口と両足を抱えて森のなかへ連れ込もうとした。手込めにするつもりらしい。

紀枝の背後にいた吉助は突然のことに仰天し、凍り付いたようにその場につっ立ったまま声も出なかった。

「た、助けて！」

紀枝は喉の裂けるような悲鳴を上げ、両手で男たちをたたいて必死に抵抗した。そのとき、肩のあたりを抱えていた男の顔を覆っていた黒布が取れた。紀枝の指が黒布にひっかかったらしい。

一瞬、吉助は男の顔を見た。面長で鼻が高い。細い眉の上に小豆《あずき》粒ほどの黒子《ほくろ》があった。

「早く、連れ込め！」

ふたりの男は紀枝を抱え直し、慌てて森の奥へ走った。

そのとき、吉助は前方から走ってくる大柄な武士の姿を見た。すこし遠かったが、夕闇のなかに刀身がにぶくひかっているのが見えた。納戸《なんど》色《いろ》の小袖に同色の袴だった。

……斬られる！

と、吉助は思った。

吉助は前方から走り寄る男に背をむけ、悲鳴を上げながら逃げだした。吉助は恐怖に駆られ、紀枝を助けるどころではなかったのである。もっとも、吉助がその場にとどまって、男たちに抵抗しても、刀の錆《さび》になっただけであろう。

吉助は森のなかの小径《こみち》をたどり、遠まわりして柳沢家へ駆け込み、屋敷内にいた柳沢にことの次第を話した。

「吉助、場所はどこだ！」

柳沢は大刀を腰に帯びながら叫んだ。

「た、鷹の巣の森で」

吉助が言うや否や、柳沢は駆けだした。

すでに、辺りは淡い夜陰につつまれていた。柳沢は懸命に走った。胸は吹子《ふいご》のように喘ぎ、足は棒のようになったが、走るのをやめなかった。いま、紀枝が獣のような男たちに凌辱されていると思うと、体の苦痛さえ感じなかったのである。

夜陰のなかに、鷹の巣の森が見えてきた。薄墨色に染まった夜空を圧するように黒々と聳《そび》えている。

そのとき、柳沢は道の先に黒い人影を見た。ふらふらと、まるで夢遊病者のように歩いてくる。両肩が落ち、髷《まげ》が乱れていた。

「紀枝！」

柳沢が叫んだ。

その声に、紀枝は雷にでも打たれたように佇立《ちょりつ》した。次の瞬間、紀枝はくずれるように屈み込み、両手で顔をおおって泣きだした。いつまでも泣きやまなかった。その慟哭《どうこく》が、夜陰のなかに鬼哭のようにひびいていた。

4

その夜遅く、紀枝の腹の子が流れた。

その後、紀枝は寝間の隅に身を隠すようにして横になったまま水も食事も口にしなくなった。柳沢の言葉にも、両手で顔をおおって首を横に振るだけで答えようともしなかった。凝《じっ》としたまま表情のない虚《うつ》ろな顔で虚空を見つめている。

三日後、柳沢が出仕して家をあけた留守に、紀枝は短刀で喉を突いて果てた。待望の子を失った上に、身を凌辱された心の疵に耐えられなかったのであろう。

柳沢は変わり果てた紀枝の体を抱きしめ、

「そなたと赤子の敵《かたき》は討つ！」

と、胸の内で絶叫した。

柳沢の胸に身を裂かれるような悲痛が衝《つ》き上げてきたのだ。柳沢はすべてを失い、自分だけがこの世に取り残されたような気がした。

紀枝の死体を柳沢家の墓に葬った後、柳沢は吉助に紀枝を襲った者たちのことを問い質した。

「さ、三人でしただ。木の陰から急に飛び出してきたもんで、おらには、どうにもならなかっただ」

吉助は怯えたように声をつまらせて言った。

吉助が怯えたのは、紀枝を見殺しにした後ろめたさにくわえ柳沢の顔が異様だったからであろう。柳沢の顔は蒼ざめ、ひき攣《つ》っていた。狂気を帯びたような顔である。

吉助が顫《ふる》えながら話したところによると、紀枝の供をして見通しの悪い場所まで来たとき、突然樅の幹の陰からふたりの武士が飛び出し、紀枝に襲いかかった。そして、ふたりが紀枝を森のなかへ連れ込もうとしたとき、前方からもひとり駆け付け、刀を抜いて吉助に向かってきたという。

「顔を見なかったのか」

柳沢が訊いた。

「ひとりは、鼻が高くて、眉の上に黒子があっただ」

紀枝を襲った男のひとりの黒布がはずれたので、はっきりと顔が見えたという。

「そやつ、面長ではないか」

柳沢は、男の眉の上に黒子があったと聞き、ひとりだけ頭に浮かんだ者がいた。吉岡道場で同門だった達野《たつの》八太郎《はちたろう》である。

当時、達野も紀枝に心を寄せていた。そして、嫁にしたいと思い、道場主の玄水にそれとなく話したようである。だが、玄水は即座に断った。理由は、冷や飯食いだった達野には紀枝を嫁にした上で、道場の跡を継ぎたいという思惑があったからだ。玄水は、達野が吉岡道場を継ぐだけの腕も器量もないと見たのである。

そのことがあり、達野は吉岡道場をやめた。その後、達野と顔を合わせることはほとんどなくなったが、達野が飲み屋や料理屋などの集まっている城下の弓張町《ゆみはりちょう》に悪い仲間と出没しているとの噂を耳にしたことがあった。

おそらく、達野は玄水に断られた恨みをいまも持っていて、悪い仲間を誘って紀枝を凌辱したにちがいない。

……それにしても、執念深い男だ。

柳沢が紀枝を娶《めと》って五年経っていたのだ。

「他のふたりは」

さらに、柳沢が訊いた。

「背丈のある男だったが、顔はまったくわからねえ」

黒布で顔を隠していたので、目が見えただけだという。

「前から襲ってきた男は」

「大柄で、着物と袴は納戸色でしただ。その男が刀を抜いて、おらにむかってきたもんで、怖くなっちまって」

吉助が声を震わせて言った。

翌日から、柳沢は達野家のちかくの笹藪のなかに身を隠し、達野が出てくるのを待った。屋敷内に踏み込むことはできなかったのである。

達野家は六十石で、馬役であった。八太郎の兄が家を継ぎ、馬役として出仕しているはずだが、隠居した父親も健在だと聞いていた。

柳沢が笹藪に身を隠すようになって二日目の七ツ（午後四時）ごろ、達野が姿を見せた。小袖に袴姿で二刀を帯びていたが、身辺に無頼漢のような荒廃した雰囲気がただよっていた。道場をやめてからの荒《すさ》んだ暮らしが、身辺にまとわりついているようである。

達野は西へ向かって歩いていく。弓張町にでも行くつもりかもしれない。柳沢は一町ほどやり過ごしてから、達野の跡を尾《つ》け始めた。

しばらく歩くと、前方に鷹の巣の森が見えてきた。陽は西の山並に沈みかけていたが、まだ淡い西陽が射していた。通りには、ぽつぽつと人影があった。下城した藩士たちである。

……鷹の巣の森で仕掛けよう。

と、柳沢は思った。

弓張町に行くには、鷹の巣の森を通り抜けなければならない。森のなかなら、人目に触れずに襲える場所があるはずである。

柳沢は走りだした。すこし遠まわりになるが、迂回《うかい》して森のなかで待ち伏せようと思ったのだ。

森に着いた柳沢は、樹木が茂り見通しの悪い場所を探すと、太い杉の幹の陰に身を隠した。いっときすると、達野の姿が前方に見えた。足早にやってくる。都合のいいことに、道の前後に他の人影はなかった。

「達野、待っていたぞ！」

柳沢は達野の前に走り出た。

「おぬしは、柳沢！」

達野が驚愕《きょうがく》に目を剝いて、つっ立った。見る間に、達野の顔から血の気が引き、体が小刻みに顫えだした。

「紀枝と赤子の敵！」

柳沢は達野を睨みすえて、刀の柄に右手を添えた。顔が蒼ざめ、目がつり上がっている。夜叉《やしゃ》のような顔だった。

「な、何のことか、おれには分からぬ」

達野が声を震わせて言った。

「言い逃れはできぬ。吉助が、うぬの顔を見ている」

言いざま、柳沢は抜刀した。

「紀枝は、おれが先に目をつけた女だ。それを、きさまが横取りしおって」

達野が罵《ののし》るように叫んだ。顔が憎悪にゆがんでいる。追いつめられて、ひらきなおったらしい。

「抜け！　達野」

柳沢は切っ先を達野にむけた。

「返り討ちにしてくれるわ」

達野も抜いた。

柳沢は青眼に構えた。達野も相青眼に取ったが、切っ先が笑うように震えていた。激しい気の昂《たかぶ》りで、体が顫えているのだ。

ふたりの間合はおよそ三間。まだ斬撃《ざんげき》の間合ではなかった。柳沢は摺り足で一気に間合をつめた。達野の剣尖が浮き、隙が見えたのである。

イヤァッ！

裂帛の気合を発し、柳沢はいきなり斬り込んだ。切っ先を合わせての気攻めも牽制《けんせい》もなかった。激しい怒りと興奮が、柳沢からもじっくり攻める余裕を奪っていたのだ。

青眼から真っ向へたたきつけるような一撃だった。

その斬撃を、達野は刀身を横一文字にして頭上で受けた。だが、柳沢の強い斬撃に腰がくだけ、後ろへよろめいた。

柳沢は吼《ほ》えるような叫び声を上げ、踏み込みざま刀身を袈裟《けさ》に払った。にぶい骨音がし、達野の左の前腕が皮肉を残して垂れ下がった。柳沢の切っ先が切断したのである。切り口から、血が筧《かけい》の水のように流れ落ちた。

ギャッ、と絶叫を上げ、達野は左腕から血を撒《ま》きながら後じさった。右手で刀をつかんでいたが、構えることもできなかった。顔が恐怖と苦痛に押し潰されたようにゆがんでいる。

「まだ、斬らぬ！」

柳沢は切っ先を達野の喉元に突き付けた。歯を剝き出し、双眸が怒りに燃えている。凄絶《せいぜつ》な憤怒の形相である。

「いっしょに紀枝を襲ったのは、だれだ」

「か、加賀《かが》だ」

達野が声を震わせて言った。

柳沢は加賀安之助《やすのすけ》を知っていた。やはり、吉岡道場の同門だった男で、達野より一年ほど早くやめていた。なかなか上達せず、稽古する気が失《う》せてしまったらしい。その後、ときおり達野と弓張町へ出かけるらしいとの噂を耳にしたことがあった。

「もうひとりは？」

柳沢が訊いた。

「何のことだ」

一瞬、達野の顔に訝しそうな表情がよぎったが、すぐに苦痛に顔がゆがんだ。

「供の吉助を斬ろうとした男だ」

「あ、あれは……」

達野は逡巡したが、

「宮下新十郎《みやしたしんじゅうろう》だ」

そう言った達野の目が一瞬ひかり、口元が嘲《あざけ》るようにゆるんだが、すぐに恐怖と苦痛の顔にもどった。

「宮下だと」

柳沢は宮下も知っていた。柳沢より三つ年上で、吉岡道場で兄弟子だった男である。

……試合のことを、根に持っていたのか。

柳沢は宮下と道場内で試合をしたことがあった。年に二、三度、己の技量を確かめて稽古の励みにするために行われるものである。試合の相手は道場主の吉岡が決めていた。力量の似た者同士を対戦させたようである。

柳沢は宮下との試合に勝った。その試合で、柳沢の剣名は上がったが、敗れた宮下は年長だっただけに面目を失ったはずである。ただ、柳沢は宮下がわだかまりを持ったとは思わなかった。試合は一度で終わるわけではなく、同じ相手と勝ったり負けたりしていたからである。それに、試合後も柳沢は宮下を兄弟子として敬っていたし、宮下も試合前とかわらずに柳沢と接しているように見えた。

……宮下も、紀枝に心を寄せていたのではあるまいか。

宮下は試合に敗れ、さらに紀枝を奪われたことを根に持って暴挙に出たのかもしれない、と柳沢は思った。

だが、どのようなことがあろうと、紀枝と赤子を殺した者を許すことはできない。柳沢は宮下も斬ろうと思った。

柳沢が虚空を見すえてつっ立っていると、達野はさらに後じさりし、

「お、おれは、宮下と加賀にそそのかされたのだ」

と、首をすくめながら言い、反転して逃げようとした。

「逃がすか！」

柳沢は踏み込みざま、渾身《こんしん》の一刀を袈裟に斬り下ろした。

瞬間、達野の首がかしぎ、首根から血が噴いた。首根から背にかけて深く斬り下げたのである。

達野は血を驟雨《しゅうう》のように撒き散らしながらよたよたと前に歩いたが、足がとまると朽ち木のように転倒した。地面に横たわった達野は動かなかった。首根から流れ落ちる血が、夜陰のなかで物悲しい音をたてている。

柳沢は手にした湯飲みをゆっくりとかたむけた。酒が喉をつたって腹に染みていく。喉の奥から衝き出ようとする喘鳴をなだめ、慰撫《いぶ》してくれるようである。

部屋のなかは濃い夜陰につつまれていた。腰高障子に映じた月明りが、貧乏徳利や湯飲みの輪郭だけを識別させてくれる。

……おれも、分別を失っていたのだ。

柳沢が闇のなかでつぶやいた。

5

柳沢は達野を斬殺した翌日、石原町へ出かけた。石原町は中堅の藩士の住む屋敷が多く、加賀家の屋敷もそこにあった。

柳沢は屋敷の近くに身をひそめ、加賀が出て来るのを待って人影のないところまで尾行し、いきなり走り寄って斬殺した。

次は宮下である。宮下は徒組の小頭で六十石取りだった。いまでも、三日に一度ほど非番のおりに吉岡道場に通っていた。

柳沢は宮下の道場帰りを狙うことにした。道場からの帰途、鷹の巣の森を通るからである。その日、柳沢は宮下が道場に来ているのを確認してから、鷹の巣の森で待ち伏せした。柳沢が巨樹の陰に身を隠して、半刻（一時間）ほどしたとき、宮下が姿をあらわした。すでに陽は沈んでいたが、西の空には燃えるような残照があり、森のなかも暗いというほどではなかった。

柳沢は襷で両袖を絞り、袴の股だちを取っていた。宮下は達野や加賀とちがって強敵だった。侮ったら、返り討ちに遭うのである。

柳沢は抜刀し、いきなり宮下の前に飛び出した。

「宮下新十郎、覚悟！」

柳沢は切っ先をむけ、すばやい動きで宮下との間合をつめた。

「柳沢、血迷ったか！」

宮下は驚愕に目を剝いて後じさった。

「抜け！　宮下」

「よせ、おぬしと斬り合う気はない」

「問答無用！」

柳沢は一気に宮下との間合をつめた。

宮下はこのままでは斬られると察したらしく、やむをえぬ、と言いざま抜き合わせた。柳沢は八相に構えた。宮下は青眼である。宮下の切っ先が小刻みに震えていた。動揺しているらしい。

柳沢は全身に気勢をみなぎらせ、斬撃の気配を見せながら間合をつめた。宮下も下がらず、切っ先を柳沢の喉元につけている。

柳沢が先に仕かけた。刀身を上げざま一足一刀の間境に踏み込んだのである。

刹那《せつな》、宮下の構えに斬撃の気が見えた。間髪を入れず、柳沢の全身から剣気が疾《はし》った。

ふたりは、ほぼ同時に鋭い気合を発し、斬り込んだ。

宮下は青眼から真っ向へ。

柳沢は八相から右手へ踏み込みざま袈裟へ。

宮下の切っ先が柳沢の肩先をかすめ、柳沢のそれは宮下の右の二の腕を斬り裂いていた。ふたりの斬撃はほぼ同時だったが、一瞬早く柳沢が右手へ踏み込んだため、宮下の切っ先が流れたのである。

咄嗟《とっさ》に宮下は背後に跳び、ふたたび青眼に構えたが、切っ先は笑うように大きく揺れていた。右腕が裂け、流れ出た血で真っ赤に染まっている。

柳沢は動きをとめなかった。八相に構えると、鋭い寄り身で宮下との間合をつめ、斬撃の間境を越えるや否や袈裟に斬り込んだ。

宮下が柳沢の斬撃をはじいた。

瞬間、ふたりは一歩引き、二の太刀をふるった。宮下は振りかぶりざま真っ向へ。柳沢は体をひらきながら刀身を横に払った。

ドスッというにぶい音がし、宮下の上体が折れたように前にかしいだ。柳沢の刀身が宮下の胴を薙いだのである。

宮下は左手で腹を押さえて、うずくまった。宮下は苦しげに顔をしかめ、蟇《ひき》の鳴くような低い呻き声を洩らした。左手の間から臓腑が覗いている。

柳沢は宮下の脇に身を寄せ、

「紀枝の敵！」

と、叫びざま、刀身を振り下ろした。

にぶい骨音がし、宮下の首が地面に転がった。次の瞬間、首根から赤い帯のように血が疾った。首を失った宮下の体は前につっ伏し、なおも血を噴出させたが、やがてわずかな血が滴り落ちるだけになった。

その夜、柳沢は渋江藩を出奔した。いかなる理由があろうと、藩士三人を斬殺した罪から逃れられなかったし、すべてを失った柳沢にとって渋江藩は忌まわしい地でしかなかったのである。

その後、柳沢は奥州街道、中山道などを流れ歩いた。生きるために旅の武士に立ち合いを挑んで路銀を奪ったり、宿場の親分の用心棒をしたり、町道場を見つけると道場破りをして看板代を脅し取ったりして流浪の旅をつづけた。

渋江藩を出て三年目、柳沢は奥州街道白河宿で旅装の若侍にいきなり、立ち合いを挑まれた。

歳は二十二、三であろうか。長旅をつづけたらしく、陽に灼《や》けた赭黒い顔をしていた。目ばかりが異様にひかっている。

「兄、宮下新十郎の敵！」

若侍はそう叫んだ。

柳沢が国許で斬った宮下の弟の俊之助《しゅんのすけ》だった。兄の敵の柳沢を追って旅をつづけていたらしい。

「宮下は、おれの妻を手込めにしたので、敵を討ったまでだ」

柳沢が言った。

「ちがう。兄は襲われた紀枝どのを助けようとして、駆け付けたのだ」

俊之助は、その夜、兄から鷹の巣の森の出来事を聞いたと言い添えた。

「どういうことだ」

柳沢は事情が飲み込めなかった。

「兄は紀枝どのの悲鳴を聞き、助けようと駆け付けたのだが、間に合わなかった。ふたりの男は、紀枝どのを抱えて森のなかへ逃げ込んだからだ。兄は紀枝どのを必死で探したが、見つからなかったそうだ」

森は鬱蒼《うつそう》とした樹木と深い夕闇にとざされ、どうにもならなかったという。

「……………！」

柳沢は強い衝撃を受けた。

吉助の話を頭から信じ込み、宮下も妻を襲ったひとりと決め付けていたが、どうやら思いちがいをしたらしい。ただ、吉助も嘘を話したわけではないのだろう。気が動転していたため、刀を抜いたまま駆け付けた宮下に恐怖を覚え、手込めの仲間と勘違いしたにちがいない。

「柳沢、勝負！」

俊之助は切っ先を柳沢にむけ、一気に間合をつめてきた。

……この場は逃げねば。

と、柳沢は思った。俊之助を斬る気にはなれなかった。かといって、黙って斬られるつもりもなかった。

おそらく、国許にいたころの柳沢なら、潔く俊之助に討たれてやっただろう。だが、柳沢は流浪の旅をつづけるうち、武士の矜持《きょうじ》や男としての生き様などどうでもよくなっていた。人を斬らねば生きていけない暮らしのなかで、いつしか冷酷で残忍な獣のような心を持つようになっていたのだ。

柳沢は抜刀して俊之助が斬り込んでくるのを受け流すと、二の太刀で鍔元《つばもと》へ斬り込み、俊之助の右手の甲の肉を裂いた。一瞬の迅業《はやわざ》である。

そして、俊之助が構えをくずして後じさった隙をついて逃げた。俊之助は追ってきたが、すぐに足をとめた。このままでは右手が自在に動かず、返り討ちになると察したのだ。柳沢も一時的に俊之助が戦えなくなるよう右手を斬ったのである。

その後、柳沢は二年ほど街道筋を流れ歩き、江戸へ入った。一年ほど前に労咳にかかったこともあって旅の寒暑が身に染みるようになり、江戸の地に腰を落ち着けようと思ったのである。

いつしか、貧乏徳利の酒はからになっていた。柳沢は手にした湯飲みを膝の脇に置き、腰高障子にぼんやりと映った月明りを目にしていた。心地好い酔いが体をつつんでいる。眠くなるまで、そうしているつもりだった。

そのとき、戸口に近付いてくる下駄の足音がした。長屋の住人のものではない。重いひびきのある足音だった。

柳沢はかたわらに置いてあった大刀を引き寄せた。

足音は戸口の前でとまった。

「おい、いるか」

と、獣が低く唸るような声がした。巌円《がんえん》である。

「入れ」

柳沢が応《こた》えると、ガラリと障子があいた。

巌円がのそりと入ってきた。熊のような巨漢である。黒の法衣に身をつつみ、頭を丸めている。手に六尺棒と貧乏徳利を提げていた。

巌円は雲水と自称していたが、修験者《しゅげんしゃ》だという者もいて正体は知れなかった。名もそのときどきで巌円と名乗ったり、巌雲《がんうん》と名乗ったりしていた。いずれにしろ、柳沢と同様に流浪の旅をつづけていた男である。

柳沢が巌円と知り合ったのは、中山道の高崎宿だった。博奕打ちの親分の許に用心棒として草鞋を脱いでいるとき、賭場《とば》へ巌円が顔を出したのだ。

当初、巌円はおとなしく盆茣蓙の脇に胡座をかいて博奕を打っていたが、負けだすと、突然、いかさまだ、と言って暴れだした。巌円は巨漢のうえに強力《ごうりき》の主だった。まさに手負いの巨熊のようである。賭場の手下たちは怖《お》じ気《け》付いて尻込みし、柳沢の出番となったのだ。

柳沢は巌円のふるう六尺棒をかわしざま、切っ先を喉元につけ、

「喉を突かれたくなかったら、六尺棒を置け」

と、言った。そのとき、柳沢はこの場で突き殺すには、惜しい男だと思った。人並外れた怪力の上に六尺棒も巧みに遣ったからだ。

巌円は六尺棒を足下に落とし、

「おまえにこの首をくれてやるが、坊主を斬ると、祟《たた》りがあるぞ」

そう言って、どかりと地面に尻を落とした。

「おれも坊主を斬る気はない。おとなしくこの宿場を出ていくなら、見逃してやる」

柳沢は刀を引いた。

その後、深谷宿でも顔を合わせ、話しながら街道を歩くうちに、

「江戸へ行くつもりだ」

と、柳沢が口にすると、

「おれも、江戸へ行く」

巌円はそう言って、柳沢の後をついてきたのだ。

どうしたわけか、柳沢は巨獣のような巌円と馬が合い、いっしょにいることが煩《わずら》わしくなかった。もっとも、巌円も都合のいいときだけは柳沢のそばにいるが、束縛されることを嫌い、宿も別にとることが多かった。江戸に出てからも、巌円は別の塒《ねぐら》を探して勝手気儘《きまま》な暮らしをつづけている。

「仕事がある。一杯やりながら、話そう」

巌円は、土間の隅の流し場にあった丼《どんぶり》を手にして上がり框に腰を下ろした。そして、貧乏徳利の酒を丼と柳沢の湯飲みについだ。

「また、殺しか」

柳沢が湯飲みを手にしながら訊いた。

「どんな仕事か分からんが、金にはなりそうだ。唐八が、おれのところへ来てな、矢島の屋

敷に顔を出してくれとのことだ。矢島から直《じか》に話があるらしい」

「いいだろう。ちょうど、ふところが寂しくなってきたところだ」

柳沢は永井峰之助を斬って、矢島から十両の金を得ていたが、料理屋や一膳めし屋などの飲食代で大半が消えていた。

「唐八が口にしたところによると、相手は亡者だそうだよ」

巌円が口元に薄笑いを浮かべて言った。

「亡者だと……」

「得体の知れぬ者たちだそうだ」

「亡者でも幽霊でもかまわん。おれも、似たような者だ」

柳沢は、唐八がふざけ半分で言ったのだろうと思った。

6

「旦那さま、ちょいとお耳を」

万吉が、亀田屋の店先にいた茂蔵の耳元に顔を寄せて言った。

「何です」

「人が殺されていやすよ」

万吉によると、今朝知り合いのぼてふりから聞いたという。

「だれが、殺されてるんだね」

茂蔵は、帳場にいる番頭の栄造に目をやりながら小声で訊いた。

栄造は帳場机で帳簿を繰っていた。茂蔵と万吉が、ひそかに言葉を交わしていることには気付いていないようだ。

万吉は、亀田屋の下働きをしていたが、他の奉公人とはちがっていた。茂蔵が影目付になる前、黒木与次郎という名の黒鍬頭だったころから下働きとして仕え、いまは茂蔵の手先も兼ねていた。当然、茂蔵が影目付という裏の顔を持っていることも知っている。

いま、万吉は影目付である茂蔵の手先として耳にした噂を報《し》らせようとしているのだ。

「名は分からねえが、お侍のようです」

万吉が言った。

「場所は」

茂蔵の脳裏に大川端で斬殺された永井のことがよぎった。

「外堀沿いの鍛冶橋御門《かじばしごもん》のちかくだそうで」

「そんな場所でか」

そこは賑やかな通りで、辻斬りとか追剝ぎとかには縁のない場所だった。もっとも、夜になれば、人通りは途絶えて寂しい通りになるだろう。

茂蔵は、行ってみよう、と万吉に小声で伝えてから、

「番頭さん」

と、帳場にいる栄造に声をかけた。茂蔵の恵比寿《えびす》のような顔に笑みが浮いている。

「ちょっと、出かけて来ますよ」

茂蔵の声で、栄造は帳簿を繰っている手をとめ、

「旦那さま、どちらへお出かけです」

茂蔵に顔をむけて訊いた。

「外堀沿いで、お侍が殺されてるそうでしてね。お得意さまかもしれませんし、顔だけでも見てきますよ」

茂蔵は世間話でもする調子で言った。

「そうですか」

栄造は満面に笑みを浮かべて言った。茂蔵が、暇潰しに死体を見物にでも行くと思ったようだ。

「番頭さん、万吉を連れていきますよ」

「どうぞ、どうぞ」

そう言いながら、栄造は腰を上げて上がり框ちかくまで出て来ると、お気をつけて、いってらっしゃいまし、と客でも送り出すような口調で言った。

店を出るとすぐ、茂蔵は万吉に、

「左近に知らせてくれ」

と、指示した。

「承知しました」

万吉は小走りに八丁堀川にかかる白魚橋の方へむかった。川向こうの八丁堀を抜けた方が、左近の住む日本橋小網町には近いのだ。

茂蔵はひとりで京橋を渡り、鍛冶橋の方へむかった。現場は鍛冶橋から呉服橋の方へしばらく歩いた南鍛冶町だった。外堀沿いに人だかりがしていた。近くの表店の奉公人や通りすがりの店者、供連れの武士の姿などが多かった。八丁堀に近いせいか、奉行所の同心もふたりいた。

ひとりは、楢崎慶太郎だった。もうひとりは、若い同心で顔を見たことはあるが、茂蔵は名を知らなかった。ふたりは、人だかりのなかで、何やら話している。

茂蔵は大工らしい男の肩越しに人垣のなかを覗いてみた。楢崎の足元に羽織袴姿の武士がうつぶせに横たわっている。

「ふたりか……」

もうひとりいた。二間ほど離れた堀際に、中間らしい男が倒れていた。おそらく、中間を連れた武士がこの場を通りかかり、何者かに斬り殺されたのであろう。

俯《うつぶ》せになった武士の首のまわりの地面が、どす黒い血に染まっていた。腹部のあたりにも血の色がある。喉元と腹を斬られたようだ。

中間の方も俯せになっていた。すこし離れているため、血まみれになっている頭部が見てとれただけである。

そのとき、近くにいた御家人ふうの武士がかたわらに立っている武士に、斬られたのは、伊豆守さまの家臣らしいな、と小声で言ったのが、茂蔵の耳にとどいた。すると、もうひとりの武士が、伊豆守さまとは？　と訊いた。すぐに、声をかけた武士が、御老中の松平さまだ、と声を殺して答えた。

……伊豆守さまの家臣だと！

茂蔵は驚いた。まさか、信明の家臣だったとは！

茂蔵は、ここに来るまで信明とつなげてみなかったのだ。そう言えば、信明の上屋敷は、この先の呉服橋御門を入った先にある。信明の家臣が上屋敷にもどる途中、何者かに襲われたようだ。

……これは、容易ならぬことだ。

茂蔵は胸の内でつぶやいた。恵比寿のような福相がけわしくなり、影目付らしいひきしまった顔になった。

岩井を頭とする茂蔵たち影目付は、信明直属の隠密組織だった。信明の密命を受けて動いていたのである。その信明の家臣が、何者かに斬殺されたとなると、茂蔵たち影目付もこの事件を放置しておくわけにはいかなくなる。

「旦那さま」

背後で、万吉の声が聞こえた。

振り返ると、万吉のそばに左近が立っている。茂蔵はすぐに左近のそばに身を寄せ、

「殺《や》られたのは、伊豆守さまの家臣のようだ」

と、耳打ちした。

それを聞いて、左近の顔がけわしくなったが、すぐに憂いを含んだいつもの表情になり、
ともかく、死骸《ほとけ》を拝んでみよう、とつぶやいた。

左近は人垣を割って前に出ると、楢崎の足元に伏臥《ふくが》している武士体《てい》の男に目をむけた。

一瞬、左近は驚いたような顔をしたが、何も言わず、死体を凝視《ぎょうし》していた。

いっときすると、左近は横たわっている中間の方に目を移した。左近はしばらく、中間に目をむけていたが、振り返って茂蔵に目配せした。この場を離れて、茂蔵と話したいようだ。

左近は人垣から離れると、

「永井を斬ったのと、同じ手だ」

と、茂蔵に小声で伝えた。

「やはり、そうでしたか」

茂蔵は驚かなかった。横たわっているふたりの死体を見たとき、下手人は永井と小者を殺した者たちかもしれぬ、と思ったのである。

「下手人はふたり。家臣を斬った者と中間の頭を打ち砕いた者だな」

左近は、ふたりとも俯せになっていて傷口は見えないが、まちがいないと言い添えた。

そのとき、万吉が茂蔵の袖を引き、

「旦那さま、大勢来ますよ」

と、小声で言った。

見ると、呉服橋の方から十数人、小走りにやってくる。武士と中間、それに陸尺《ろくしゃく》が二挺《ちょう》の駕籠《かご》を担いでいた。

「道を、あけよ！」

駕籠の前に立った大柄な武士が声を上げると、付近に集まっていた野次馬たちが逃げるように左右に散った。

駕籠を連れた一団は、死体を取り巻くように立っている町方にも、その場から引くように声をかけた。

「あなた方は？」

楢崎が一団の頭格らしい初老の武士に訊いた。

「伊豆守さまの手の者にござる。この者は家臣ゆえ、引き取らせていただく。尚、町方の詮《せん》議《ぎ》は無用でござるぞ」

初老の武士は楢崎を見すえて言った。その声には、有無を言わせぬ強いひびきがあった。町方同心など歯牙《しが》にもかけない物言いである。武士は町奉行の支配外だったので、町方の詮議を受けることはなかった。くわえて、幕政をあずかる老中の家臣ともなれば、町方にも高圧的になるのだろう。

「で、ですが、辻斬りや追剝ぎの仕業かもしれませんし、検屍だけでも」

楢崎は口ごもりながら、死体を引き渡すのを渋った。下手人が牢人や町人であれば、町方が捕らえねばならないのだ。

「この者たちの一件、家中《かちゅう》にて始末いたすゆえ、そこもとたちの検屍も探索も無用でござる」

初老の武士は突っ撥ねるように言うと、そばにいた手の者に、ふたりの死体を駕籠に乗せるよう命じた。

楢崎は為《な》す術《すべ》もなく、憮然《ぶぜん》とした顔で死体のそばにつっ立っている。

「行きましょう」

茂蔵が左近に言った。

これ以上、見ていても仕方がない。伊豆守の家臣たちが、ふたりの死体を駕籠で運び去るだけである。

「左近さま、われらの出番のようですね」

歩きながら、茂蔵が小声で言った。

「うむ……」

左近は、ちいさくうなずいただけだった。虚空を見つめた目が、刺すようなひかりを宿している。

第三章　巌円

1

「だいぶ、凌《しの》ぎやすくなりましたねえ」

　登勢が、庭の隅で咲いている萩の花に目をやりながら言った。淡い紅紫色の花叢《はなむら》が、涼気をふくんだ風に揺れている。

　岩井と登勢は縁先で茶を飲んでいた。いっとき前まで、岩井は倅の佳之助の剣術相手をしていたのだが、久し振りで木刀を振ったため体の節々が痛み、早々に切り上げたのである。佳之助も岩井がやめると、すぐに屋敷内にもどってしまった。登勢が、妹のたまえといっしょに食べるよう菓子を出してくれたからである。

「龍眼寺《りゅうげんじ》の萩も見頃かのう」

　岩井も、萩の花に目をやりながら言った。

　龍眼寺は亀戸天神《かめいどてんじん》の裏門の先にあり、別名萩寺とも呼ばれる萩の名所である。

「龍眼寺の萩は見事でしょうね。一度、見てみたいものです」

登勢はうっとりした目をして言った。

「この歳になって、そなたと萩寺見物か」

「殿さま、嫌ですか」

登勢が、上目遣いに岩井を見ながら訊いた。

「嫌ではないがな。ふたりだけで行ったら、佳之助とたまえがふくれるぞ」

「ふたりを連れていくわけにもいきませんし、やっぱり庭の萩で我慢しましょうか」

登勢は微笑を浮かべながら言った。端《はな》から、萩見物など実現しないのは分かっていたのである。

そのとき、慌ただしそうに廊下を歩く音がし、障子があいて用人の青木が顔を見せた。

「殿さま、西田さまがお見えにございます」

青木は慇懃《いんぎん》に言ったが、口元には微笑が浮いていた。西田が、碁でもやりに来たと思っているのだろう。

「客間に通してくれ」

岩井は腰を上げた。碁ではない。信明の使者として来たのである。岩井は、三日前の夜、弥之助から松平家の家臣が鍛冶橋御門の近くで何者かに斬殺されたとの報告を受けていたので、その件だろうと察知した。

「岩井さま、お久し振りでございます」

西田はにこやかな笑みを浮かべていたが、目は笑っていなかった。

「これかな」

対座した岩井が碁を打つ真似をして見せた。

「はい、ぜひとも一局と存じましてね」

「いいな。そこもととはしばらく、打ってないからな」

岩井がもっともらしく言った。

「いかがです、明日、七ツ（午後四時）ごろ、平松《ひらまつ》さまのお屋敷で」

西田は、信明の命を伝えているのである。平松は松平を逆様にした名だった。西田と岩井は松平の名を口にできないので、そうしていたのである。つまり、明日、七ツに松平家の上屋敷へ来るように、との言伝《ことづて》であった。

「お伺いいたしましょう。まことに、楽しみでござる」

そう言って、岩井は相好《そうごう》をくずした。

翌日、岩井が呉服橋のたもとまで行くと、西田が待っていた。出迎えに来てくれたらしい。

「すでに、殿は下城しております」

西田が慇懃な口調で言った。

まだ、七ツ前だったが、信明は早目に下城したらしい。松平家の上屋敷に着くと、西田はいつものように奥の書院に通した。

岩井が端座して、いっとき待つと、信明がせわしそうな足取りで姿を見せた。鮫小紋《さめこもん》の小袖に白足袋というくつろいだ姿だった。下城後に着替えたのであろう。

「楽にいたせ」

信明はそう言って、対座した。

ふくよかな顔をしていたが、細い目には刺すようなひかりが宿っていた。信明は岩井とそれほど歳は離れていなかったが、幕政の舵を握っている男の貫禄と威厳が身辺にただよっている。

「急に呼び出したのは、思わぬことが出来《しゅったい》いたしてな」

信明はすぐに切り出した。

「いかようなことで、ございましょうか」

岩井が訊いた。

「そちは、わしの家臣が鍛冶橋ちかくで斬られたのを存じておるか」

「承知しております」

弥之助の報告によると、斬殺されたのは松平家の家臣で御使番《おつかいばん》の上田《うえだ》栄次郎《えいじろう》と中間の平助《へいすけ》とのことだった。なお、松平家の御使番は留守居役の配下の使者役だという。その日、上田は留守居役の用件を伝えるために他藩の留守居役と会った帰りに、何者かに襲われたようなのだ。

「追剝ぎや辻斬りの仕業とは思えぬが、そちはどうみる」

信明が訊いた。

「伊豆守さま、半月ほど前、永井峰之助なる徒目付と小者が、何者かに斬り殺されたことはご承知でございましょうか」

岩井は答える代わりに訊いた。茂蔵たちのその後の調べで、永井は本湊町の料理屋に聞き込みにいった帰りに殺されたことが分かった。ただ、何を聞き込みにいったかは、はっきりしなかった。遊び人ふうの男と武士が客として来なかったか、女将《おかみ》や女中に訊いたという。

「いや、知らぬが」

信明の耳にも、身分の低い幕臣が殺された件まではとどいていないようだ。

「此度《こたび》、ご家中の上田どのが殺された件と徒目付殺害の件、下手人は同一人と見ております」

岩井は、弥之助から左近の見立てとして、二件で殺された者たちの刀傷と頭部の傷は同じ下手人の手によるとの報告を受けていたのである。

「そうであれば、なおのことだが、何者かが、わしの家臣と承知して上田の命を狙ったと見ねばなるまい」

「いかさま」

「わしは、何者が何のために松平家の家臣を狙ったのか、それが知りたい」

信明は岩井を見すえてさらにつづけた。

「それにな、わしにはこれだけで終わるとは思えんのだ。何者かが松平家やわしに対し、これからも仕掛けてくるような気がしてならぬ」

信明の顔に憂慮の翳《かげ》が浮いた。

岩井も同じ見方をしていた。下手人の狙いは不明だったが、上田と中間を斬殺してその目的が達せられたとは思えなかったのだ。

「岩井」

信明が声をあらためて言った。

「影目付として、此度の一件、探ってくれ」

「承知いたしました」

岩井は低頭して言った。

「頼むぞ」

信明はそう言うと、背筋を伸ばして手をたたいた。すると、すぐに廊下をせわしそうに歩く足音が聞こえ、襖《ふすま》があいて西田が顔を見せた。西田は両手で袱紗包みをかかえていた。おそらく、別の座敷で控えていたのであろう。

いつものように、西田はうやうやしく袱紗包みを信明の膝先に置くと、無言のまま座敷から出ていった。

「手当てじゃ」

信明は袱紗包みを岩井の膝先に押し出した。

「頂戴《ちょうだい》いたします」

岩井は袱紗包みを手にした。重さからみて、三百両はありそうだった。影目付の軍資金である。

2

信明と岩井の懸念《けねん》は、すぐに現実のものとなった。岩井が信明と会った三日後、松平家の留守居役、重森甚右衛門《しげもりじんえもん》が五人の賊に襲われたのである。

その日の暮れ六ツ（午後六時）過ぎ、重森は他藩の留守居役たちとの情報交換のために柳橋の料理屋へ出かけた帰途、駕籠で両国から日本橋へむかっていた。陸尺のほかに家臣が三人と中間がふたり従っていた。上田が斬殺されたこともあって、三人の従者は腕の立つ者が選ばれていた。

重森の乗る駕籠が、浜町堀にかかる汐見橋《しおみばし》の前まで来たときだった。突然、堀際の樹陰や叢《くさむら》のなかから黒覆面で顔を隠した賊が走り出て、駕籠に襲いかかった。刀を手にした者がふたり、匕首《あいくち》らしき短い刃物を手にした者がふたり、金剛杖がひとり、五人で重森を斬殺するつもりらしい。

三人の従者は抜刀して応戦した。従者たちはいずれも剣の遣い手で、果敢に賊と斬り結んだ。ふたりの中間も、後ろ帯に差していた刀代りの木刀をふるって駕籠を守った。

いっとき、従者たちと賊が入り乱れて斬り合い、怒号や剣戟《けんげき》の音がひびいていたが、

「引け！」

と、賊の頭格らしい男が声を上げた。このままでは、駕籠の主を斬ることはできないと踏んだのかもしれない。

すぐに、五人の賊はその場から逃走した。たちまち、五人の姿が濃い暮色のなかに消えていく。

従者のふたりが軽い手傷を負ったが、重森は無傷だった。賊は駕籠に斬りつけることもで

きなかったのである。

　重森が襲われた三日後の夕方、亀田屋の離れに五人の男が集まっていた。岩井、茂蔵、左近、弥之助、それに喜十である。

　一昨日、岩井家へ姿を見せた弥之助に、岩井が亀田屋に集まるよう指示したのである。

「松平家の留守居役、重森甚右衛門さまが賊に襲われたことを知っておるか」

　対座すると、すぐに岩井が切り出した。

「噂は聞いております」

　茂蔵が答えた。

「先に殺された上田どのにつづいて、此度《こたび》の件だ。伊豆守さまがご懸念されていたとおり、何者かが松平家の家臣の命を狙っているようだ」

「お頭、何のためにご家来の命を狙うのです」

　弥之助が訊いた。

「分からぬ」

　岩井にも、不可解だった。金を奪うためでも、怨恨《えんこん》や勢力争いでもないようだ。対立する幕閣の何者かが、老中主座の地位にいる信明を揺さぶるためであろうか。となると、考えられるのは、幕閣で信明と対立している水野出羽守忠成《ただあきら》と板倉重利である。

忠成は現在若年寄だが、将軍家斉《いえなり》の寵愛《ちょうあい》を受け、信明に対抗するだけの勢力をつけてきていた。そして、ことあるごとに、信明に反目していたのだ。

一方、板倉は将軍に近侍する御側衆で、水野の懐《ふところがたな》刀と目されている男だった。これまでも、板倉は水野の意向を汲んで、何かと信明に牙を剝いてきたのである。

……それにしても、何のために伊豆守さまの家臣を狙うのか。

岩井は腑《ふ》に落ちなかった。家臣を狙って信明を揺さぶるなら、もうすこし大物を狙ってもいいはずである。留守役はともかく、御使番などが殺されても、信明自身にはそれほどの痛手にはならないだろう。

「お頭、一味は何人もいるようですぜ」

喜十が言った。

「そのようだな」

重森を襲ったのは、五人の賊だった。そのうち武士がふたり、三人が町人と法体の男とのことだった。幕臣や大名家の家臣たちだけの集団ではないようだ。

「いずれにしろ、われらは一味をつきとめ、始末せねばなるまい」

岩井が声をあらためて言った。

「それで、お頭、どう動きます」

茂蔵が訊いた。

「一味を割り出したいが、何か手繰《たぐ》る糸はあるか」

「それが、いまのところ分かっているのは、一味のなかに遣い手がいることと相手の頭を打ち砕くような武器を遣う者がいるらしいことだけです」

茂蔵が答えた。

「闇雲に探しても、つきとめられまいな」

「いかさま」

「しばらく、伊豆守さまのお屋敷を見張ってみるか」

岩井は、一味の者が松平家の上屋敷を見張り、屋敷を出る家臣に狙いをつけて襲ったのではないかとみていた。

そうだとすれば、岩井たち影目付が上屋敷を見張っていれば、一味の者を発見できるかもしれない。

岩井が自分の考えを話すと、

「やってみましょう」

すぐに、茂蔵が答え、左近たちもうなずいた。いまのところ、そんなことしか打つ手はなかったのである。

「油断いたすな。相手は手練のようだ」

「心得ております」

茂蔵が左近たちに視線をむけながら言った。

「これは、いつものお手当てだ」

岩井はふところから袱紗包みを取り出し、切り餅をふたつ、五十両ずつ茂蔵たちの膝先に置いた。残った五十両は、お蘭に渡すつもりだった。

亀田屋を出た岩井は、そのままの足で柳橋の菊屋《きくや》にむかった。久し振りにお蘭に会いたかったし、今度の一件でお蘭に頼んでおきたいこともあったのだ。

菊屋は柳橋でも老舗《しにせ》の料理屋で、静かなことと料理が旨《うま》いのが気に入って、岩井は御目付だったころから贔屓《ひいき》にしていたのだ。

「旦那、いらっしゃい」

女将のお静《しず》が、岩井を出迎えた。

「お蘭はいるかな」

お静はお蘭が気に入っていて、ふだんから専属の芸者のように店に置いていた。それで、お蘭は菊屋にいることが多かったのである。

「ちょうどよかった。いま、お蘭さんのお客が帰ったところでしてね。すぐに、呼びますよ」

そう言って、お静は岩井を二階の桔梗《ききょう》の間に案内した。

桔梗の間は二階の隅の座敷で、離れのようになっていた。岩井はお蘭を呼ぶときは、いつもその座敷を頼んでいたのである。

岩井が桔梗の間に腰を落ち着けていっときすると酒肴《しゅこう》の膳が運ばれ、つづいて廊下に衣擦《きぬず》れの音がして障子があいた。お蘭である。

「旦那、いらっしゃい」

お蘭は嬉しそうな笑みを浮かべ、岩井の脇に膝を折った。お蘭はほっそりした年増で、透けるような白い肌をしていた。かすかに脂粉の匂いがし、襟元から中着の緋色《ひいろ》の牡丹《ぼたん》の模様が覗いている。何とも色っぽい。

お蘭も影目付のひとりだった。ただ、他の影目付とはちがい、武術など身につけていなかったし、探索や尾行も苦手だった。

岩井がお蘭に求めたのは、情報収集だった。というのも、お蘭は柳橋の老舗の料理屋や料理茶屋などで、富裕な商人や幕府の重臣、大名の留守居役などに呼ばれることが多く、ただ宴席の話に耳をかたむけているだけでも思わぬ情報が得られるのだ。

お蘭は武家の娘だったが、父親は手跡《しゅせき》指南をして細々と暮らしをたてていた牢人だった。

お蘭が十六歳のとき、その父親が病で倒れたため、薬代を稼ぐために芸者として働くようになったのである。

その後、お蘭は馴染み客となった岩井に面倒を見てもらったことから、父親の死後、岩井に肉親のような情愛を示すようになった。そして、岩井がお蘭にさる旗本の宴席の様子を訊いたことから、お蘭は岩井が影目付の頭として隠密裡に旗本の身辺を探っていることを知った。

「旦那、あたしにも調べさせておくれ」

お蘭は、岩井に頼んだ。影目付の仲間にくわわろうとしたのではなく、何とか岩井の役に立とうとしたのである。

その後、お蘭は影目付のひとりとして岩井の配下にくわわることになった。ただ、岩井は、お蘭を敵との戦いの場には出さなかったし、尾行や探索などもさせなかった。お蘭の任務は、柳橋の売れっ子芸者として耳にする宴席での会話や芸者同士の噂などを岩井に伝えるだけである。

岩井はお蘭を相手にいっとき飲んだ後、

「お蘭、三日前のことだが、柳橋で伊豆守さまの留守居役が酒席に出たらしいのだが、話を聞いているかな」

岩井が訊いた。

「ええ、知ってますよ。芸者衆が話してたのを耳にしましたから。なんですか、玉置屋《たまきや》さんで飲んで、お屋敷に帰る途中襲われて、危うく命を落としそうになったとか」

玉置屋というのは柳橋でも、名の知れた老舗の料理茶屋だった。

「その留守居役の名は重森甚右衛門だが、重森どののことで何か耳にしたことはないか」

岩井は、重森に恨みを抱いている者が、命を狙って襲った可能性もあると踏んで訊いてみたのだ。

「いえ、まったく……。重森さまの名を聞くのも初めてです」

お蘭はちいさく首を横に振った。

「そうか。ところで、玉置屋の酒席には何人ほど出たのかな」

「御留守居役さまばかり、四人と聞いています」

「うむ……」

同席した者に、特に不審はないようだ。

それから、岩井はお蘭に松平家や幕府の要人にかかわる噂などを訊いたが、今度の事件とつながるような話は聞けなかった。

「お蘭、此度の件や伊豆守さまの名が出るような話があったら、耳にとめておいてくれ」

岩井があらためて頼み、

「これは、手当てだ」

と言って、切り餅をふたつお蘭に手渡した。

「いただいておきます」

お蘭は遠慮しなかった。お蘭は金が欲しかったわけではない。岩井から他の影目付と同じように手当てを渡されることで、岩井の配下のひとりとして認められているような気がしたのである。

3

左近は羽織袴姿で二刀を帯びていた。弥之助が左近にしたがっている。弥之助は看板に小《こ》倉帯《くらおび》をしめ、両脛《すね》をあらわにしていた。中間の格好である。

ふたりは、銭瓶橋《ぜにかめばし》を渡っていた。銭瓶橋は江戸城曲輪《くるわ》内の辰《たつ》ノ口《くち》近くから呉服橋御門の北へつづく道三堀《どうさんぼり》にかかる橋である。

その橋の先に北町奉行所があり、松平伊豆守信明の上屋敷や大名屋敷がつづいていた。

江戸城曲輪内には老中、若年寄などの幕府の要職にある者の上屋敷や南北の奉行所などが集まっており、身をひそめて信明の屋敷を見張るような場所はなかった。

そこで、左近と弥之助は大名の家臣を装い、道三河岸や大名小路などを歩きながら、それとなく松平家の上屋敷の表門に目をやっていたのである。ただ、そうやって長時間見張るわけにはいかなかったので、暮れ六ツ（午後六時）前の半刻（一時間）ほどに時間をしぼっていた。

銭瓶橋を渡り、道三河岸沿いにいっとき歩いて、松平家の屋敷の方へ目をむけたとき、

「左近さま、あの男を見るのは、二度目ですぜ」

と、弥之助が小声で言った。中間らしい物言いである。

見ると、中間ふうの男が、松平家の門前をゆっくりとした足取りで、通り過ぎていく。男は、ときどき首をすくめるようにして表門に目をむけていた。

「うろんな男だ」

左近も、ただの中間ではないような気がした。その身辺に真っ当な男とはちがう荒廃した雰囲気がただよっていたのである。

「旦那、尾けやしょう」

「分かった。すこし、間を取ろう」

左近と弥之助は足を遅くし、中間ふうの男から半町ほど間を取って跡を尾け始めた。

男は呉服橋御門から呉服町へ出ると、足早に日本橋の方へむかった。いっときすると、暮れ六ツを知らせる石町《こくちょう》の鐘が鳴り、それが合図でもあるかのように表通り沿いの店が大戸をしめ始めた。

左近と弥之助が男の跡を尾けて呉服町の町筋に入ったとき、ふたりの半町ほど後ろを尾けている武士がいた。着古した小袖にたっつけ袴、腰に打飼《うちがい》を巻いていた。旅装である。長旅をつづけているらしく、男の顔は陽に灼けて赭黒くひかっていた。小袖の襟元は垢《あか》で黒光りし、たっつけ袴には破れもある。顔には疲労の色があったが、双眸は異様なひかりを宿していた。

武士は店仕舞いした表店の軒下や天水桶《てんすいおけ》の陰などに身を隠しながら、左近たちの跡を尾けていく。

左近たちは前を行く男に気を取られ、背後からの尾行者にはまったく気付かなかった。

暮れ六ツを過ぎると、町筋の人影が急にすくなくなったが、それでも日本橋通りは様々な身分の老若男女がせわしそうに行き交っていた。中間ふうの男は日本橋を渡り、日本橋川沿いの道を川下にむかって歩いていく。

男は魚河岸のある通りから江戸橋のたもとを過ぎ、小網町へ入った。そこまで来ると人影がまばらになり、表店がほとんど店仕舞いしていることもあって、通りは急に寂しくなった。夕闇も濃くなり、日本橋川もひっそりとしていた。足元の川岸から流れの音が、妙に大きく聞こえてくる。日中は魚河岸や米河岸に荷を運ぶ猪牙舟《ちょきぶね》や艀《はしけ》などが行き交っているのだが、いまは船影もなく、黒ずんだ川面が荒涼とひろがっていた。

「どこへ行くつもりだ」

弥之助がつぶやいた。

前を行く男は、足早に川下の方へむかっていく。しだいに夕闇は濃くなり、川沿いの道は人影がとぎれ、ときおり飲み屋にでも行くらしい男や夜鷹《よたか》らしい女などが通ったりするだけになった。

鎧ノ渡《よろいのわた》しを過ぎて、いっとき歩くと川岸の柳の陰に人影があった。ただ、樹陰の闇は深く、ぼんやりと黒い輪郭が識別できるだけで男女の区別もつかなかった。

「旦那、あそこにだれかいやすぜ」

弥之助が小声で言った。

「夜鷹かな」

左近は警戒しなかった。何者であれ、樹陰にいるのは、ひとりである。恐れることはないと思ったのだ。

男はその柳の前を通り過ぎていく。

左近と弥之助が柳のそばまで来たとき、前を行く男がふいに立ちどまってきびすを返した。夕闇のなかに浮き上がったように見えた顔に、嗤いが浮いていた。妙におでこの目立つ男だった。どうやら、左近たちの尾行に気付いていたようである。

そのとき、日本橋川の流れの音にまじって、柳の樹陰から細い音が聞こえてきた。鬼哭のような悲哀に満ちた音である。

……この音は！

思わず、左近が足をとめた。

弥之助も驚いたような顔をして、柳の樹陰に目をむけた。

人影がゆっくりと樹陰から通りへ出てきた。その物悲しい音は人影から聞こえてきた。人が発しているというより、黒い人影から染み出てくるようであった。

牢人体だった。顔ははっきりしなかったが、総髪で両肩が落ちていた。幽鬼を思わせるような不気味な姿である。牢人は大刀を一本落とし差しにしていた。鬼哭のような音は、男の喉の鳴る音だった。かるい喘鳴らしい。

「出おったな」

左近は永井や上田を斬った男にちがいないと察知した。

「左近さま、こっちにもいやすぜ」

弥之助が低い声で言った。

川沿いの通りの大戸をしめた表店の間から、ふたつの人影が出てきた。ひとりは熊のような巨漢である。雲水なのか、墨染めの法衣に手甲脚半《てっこうきゃはん》姿だった。黒布で裹頭《かとう》包みに顔を隠し、手に金剛杖を持っている。

もうひとりは、大柄な町人体の男だった。単衣を裾高に尻っ端折りし、手ぬぐいで頰《ほ》っかむりして顔を隠していた。薄闇のなかに双眸が底びかりしている。

いずれも、尋常な男ではないようだ。

「こいつだ、頭をぶち割ったのは！」

弥之助が、巨漢の男の手にした金剛杖を見て声を上げた。

「油断するな。手練だぞ」

永井や上田を斬った一味が、ここで待ち伏せしていたようである。おそらく、おでこの目立つ男が、左近たちをここへおびき寄せたのであろう。

「左近さま、あっしが化け物を相手にしやすぜ」

そう言って、弥之助はふところから革袋を取り出した。なかに、鉄礫が入っている。

「おれは、あの牢人を斬る」

左近は左手を鍔元に添えて、鯉口を切った。

4

左近は牢人と対峙した。弥之助は川岸まで逃げ、樹陰に身を寄せて身構えている。手に鉄礫を持っている。熊のような巨漢の男と町人体の男がゆっくりと弥之助に近付いていく。

「うぬの名は」

左近が誰何した。

「名など忘れてしまったよ」

牢人がくぐもった声で言ったとき、喉からかるい咳が出たが、表情も変えなかった。額に垂れた前髪の間から、刺すような目が左近を見すえている。

「なにゆえ、おれたちを狙う」

さらに、左近が訊いた。

「おぬしたちは、目の前にあらわれた獲物なのだ」

言いながら、牢人は抜刀した。喉から洩れていた喘鳴は消えている。

「やるしかないようだな」

左近も抜いた。

ふたりの間合は、およそ三間。牢人は八相に構えた。肩に担ぐように刀身を寝せた低い八相である。

牢人の構えには異様な迫力があった。背後に引いた刀身が見えないこともあって、どこから斬り込んでくるか読めない。くわえて、牢人の身辺には多くの人を斬殺してきた凄烈《せいれつ》さがただよっていた。

対する左近は、青眼からわずかに刀身を下げ、切っ先を牢人の胸部につけた。そして、切っ先をゆっくりと上下させた。神道無念流《しんとうむねんりゅう》の『横面斬り《よこめんぎ》』の構えである。

小刻みに動く切っ先が淡い光芒《こうぼう》を発し、左近の鍔元を隠している。敵を幻惑するのではなく、間合と太刀筋を読ませぬ利があるのだ。

そのとき、牢人の顔に驚いたような表情が浮いた。左近の特異な構えに戸惑っているようだったが、すぐに表情のない顔にもどった。

左近が趾《あしゆび》を這《は》うようにさせて間合をつめ始めたとき、前方に立っていたおでこの目立つ男が、左近の左手にまわり込んできた。手に匕首を持ち、前屈みの格好で身構えていた。獲物に飛びかかる寸前の野犬のような雰囲気がある。

……こやつも、侮れぬ！

と、左近は察知した。隙を見せれば、体ごとつっ込んでくるだろう。

対峙した牢人も、ジリジリと間合をせばめてきた。全身に気勢が満ち、瘦身の体が巌《いわお》のようにに見えた。下から突き上げてくるような威圧がある。

左近は刀身を小刻みに動かしながら気を鎮めて、牢人の動きを読もうとした。左近は、牢人が八相からどのような太刀を遣うのか読めなかったのだ。

牢人との間合がしだいにせばまり、斬撃の間境に近付いてきた。左手の町人体の男も間をつめてくる。

ふいに、牢人が斬撃の間境の手前で寄り身をとめた。一足一刀の斬撃の間まで、まだ一尺ほどある。

牢人の全身に気勢がみなぎり、斬撃の気配が満ちてきた。

……この間から仕掛ける気か！

左近は、牢人の斬撃の気を察知した。

刹那、牢人の体が膨れ上がったように見え、短い気合と同時に体が躍動した。

八相から袈裟へ。迅雷《じんらい》のような斬撃である。

間髪を入れず、左近は刀身を振り上げた。真っ向へ斬り込もうとしたのである。

牢人の切っ先が、左近の右腕をかすめて流れた。遠間《とおま》からの仕掛けでとどかなかったのである。左近は切っ先がとどかないのを見切っていたのだ。

左近が真っ向へ斬り込んだ瞬間、牢人の体が沈み、左手へ跳んだ。一瞬の体捌きである。

……胴へ来る！

察知した左近は、瞬間的に踏み込みを浅くし、牢人の手元へ斬り込んだ。

だが、牢人が左手へ跳ぶのが迅《はや》かった。左近の切っ先は空《くう》を切って流れた。次の瞬間、左近は背後に跳んだが、腹にかすかな疼痛《とうつう》を感じた。

着物が裂けている。牢人の払い胴が、左近の腹部をとらえたのである。だが、浅かった。かすり傷である。一瞬、左近が踏み込みを浅くしたため、牢人の胴斬りも、左近の腹部をとらえることができなかったのだ。

……これが、こやつの剣か！

左近は背筋を冷たい物で撫でられたような気がして身震いした。

八相からの初太刀《しょだち》を捨て、敵が動いた瞬間をとらえて、二の太刀で胴を薙ぐのである。恐るべき必殺技だった。

「よくかわしたな」

牢人の口元に薄笑いが浮いていた。

「同じ手は、食わぬ」

左近はふたたび低い青眼に構えた。敵の二の太刀が胴へくると分かれば、応じることができる。

そのとき、左手で匕首を構えていた町人体の男が、

「旦那、次はあっしも行きやすぜ」

と、目をひからせて言った。ふたりの立ち合いの様子を見ていて、助太刀をする気になったらしい。

「勝手にするがいい」

牢人がくぐもった声で言った。


「これでも、食らえ！」

叫びざま、弥之助が足早に近付いてくる巨漢の男に鉄礫を打った。

バサッ、と音がし、黒い翼のように法衣の袂《たもと》がひるがえった。巨漢の男が長い袂を振り、鉄礫をたたき落としたのである。

「ちくしょう！」

弥之助は連続して鉄礫を打った。

巨漢の男は、両腕の袂をバサバサと振りながら突進してきた。弥之助の打つ鉄礫は、男の

袂に吸い込まれるように消えていく。それに、巨体に似合わず足が速かった。まるで、巨熊が獲物に襲いかかってくるような迫力がある。

もうひとり、大柄な男も匕首を構えて駆け寄ってきた。胸元の匕首が牙のようにひかっている。

ヤアッ！

獣の咆哮《ほうこう》のような大声を上げ、巨漢の男が金剛杖を振り下ろした。

瞬間、弥之助は背後に跳んだ。弥之助の動きも、黒い野獣を思わせるように俊敏だった。

「逃がすか！」

叫びざま、巨漢の男が金剛杖を横に払った。

ビュン、と大気を裂く音がし、弥之助の頭部を襲った。間一髪、弥之助は腰をかがめてこの一撃をかわした。

だが、連続して杖が襲う。横一文字から真っ向へ。凄《すさ》まじい連続攻撃だった。

咄嗟に弥之助は背後へ跳んだ。が、すでに体は岸際を越え、弥之助の足はむなしく空を掻いた。

ワァッ！　という悲鳴を残し、弥之助の体は土手の斜面をかすめて浅瀬に群生した葦《あし》のなかに落ちた。

5

弥之助の悲鳴を聞いた左近は、すばやく後じさり、夕闇のなかに弥之助の姿を追った。弥之助の姿がない。そればかりか、金剛杖を持った巨漢の男が、墨染めの法衣をひるがえしながら駆け寄ってくる。

……太刀打ちできぬ！

牢人と町人体の男だけでも強敵だった。それに、金剛杖を遣う男がくわわれば、敵は格段の戦力になる。

左近は逃げようと思い、左右に目をやった。だが、逃げ場はない。前方に牢人、左手に町人体の男、右手からは金剛杖の男が迫ってくる。

……一気に、勝負を決するしかない。

そう思い、左近が牢人との間をつめようとしたときだった。

「待て！」

ふいに、男の叫び声が聞こえ、通り沿いに並んだ表店の軒下闇から人影が飛び出してきた。左近たちの跡を尾けていた旅装の武士である。

すでに、武士は抜刀し、八相に構えて走り寄ってきた。

「柳沢八十郎！　勝負」

叫びざま、武士は一気に牢人の背後に迫ってきた。

一瞬、牢人は驚愕に目を剝いたが、すぐに左手に走った。左近と武士から間を取ろうとしたのである。

町人体の男と巨漢の男も驚いたような顔をし、動きをとめて走り寄る武士に目をむけている。

武士は、他の男たちにはかまわず、一気に牢人にむかっていく。それを見た左近も、牢人の方へ身を寄せた。

牢人の顔が戸惑うようにゆがんだが、

「勝負はあずけた！」

と言い置き、反転して駆けだした。

巨漢の男と町人体の男は牢人が逃げるのを見ると、いまいましそうに顔をしかめて後を追った。

「待て、柳沢！」

旅装の武士は逃げる牢人を追ったが、すぐに足をとめた。夜陰のなかに消えていく牢人の背を見て、追いつかないと判断したのかもしれない。

もうひとり、大柄な男は弥之助の落下した岸辺を覗いていたが、仲間の三人が走り去るのを見て慌てて逃げだした。

左近は旅装の武士が引き返してくるのを見てから、弥之助が落ちたであろう川岸へ走り寄った。

「弥之助！」

左近は土手際から川岸を覗いて声を上げた。

眼下は暗かった。人影は見えず、人の動く物音も聞こえなかった。辺りは夜陰につつまれ、群生した葦の黒い輪郭がかすかに識別できるだけだった。

月光を映した川面がにぶい銀色にひかっている。聞こえてくるのは、川の流れの音と風にそよぐ葦の音である。

とそのとき、ガサガサと葦を掻き分けるような音がし、葦の揺れるのが見えた。だれか、水際から岸辺へ這い出てくる。

「弥之助か！」

左近が呼んだ。

「左近さま、いま行きやす」

弥之助の声だった。苫痛のひびきはない。命にかかわるような傷は負ってないようだ。

いっときすると、弥之助が土手の急斜面を這い上がってきた。顔は泥まみれで、額や頬に引っ掻き傷があった。野良猫のような顔をしている。引っ掻き傷は葦のなかを這いまわって付いたらしいが、他の傷はないようだった。

弥之助は岸辺に立つと、

「左近さま、傷は」

と、左近の腹に目をやって訊いた。着物が裂け、わずかに血の色があったのだ。

「かすり傷だ。助けてくれた御仁がいてな、命拾いしたよ」

そう言って、左近は背後に近寄ってきた旅装の武士に目をやった。

すでに、武士は納刀していたが、まだ昂《たかぶ》った顔をしていた。

「おれは牢人の宇田川左近だが、そこもとは？」

左近が訊いた。

「陸奥国、渋江藩、宮下俊之助。いまは、浪々の身でござる」

宮下は兄、新十郎の敵を追って江戸へ出てきたことを言い添えた。

「すると、さきほどの牢人が新十郎どのの敵なのか」

「あやつの名は柳沢八十郎、渋江藩士でござった。五年前に国許で兄を斬り、出奔したのでござる」

宮下は、国を出た柳沢の後を追い、奥州街道、中山道などを流れ歩き、旅先で柳沢が江戸にむかったとの噂を耳にして三か月ほど前に江戸の地を踏んだという。

「それで、ここには？」

左近は、宮下が偶然通りかかったとは思えなかった。

「呉服橋御門の近くから、そこもとたちの跡を尾けたのでござる」

宮下は柳沢を追って街道を歩くうち、柳沢が斬った死体を二度目にしたという。斬殺死体はいずれも、胴を薙ぐように斬られていたことから、柳沢が胴斬りを得意技にしていることを知った。

江戸に出た宮下は日本橋通りを歩いているとき、通りすがりの男が、鍛冶橋近くで武士が斬り殺されていると口にしたのを耳にし、行って見た。宮下は死体の腹の傷を見て、柳沢が斬った、と看破したという。

「おぬしも、鍛冶橋の近くにいたのか」

左近も鍛冶橋へ出かけて死体を見たが、宮下の姿は記憶になかった。野次馬のなかに宮下の姿が埋もれて気付かなかったか、左近が着く前に宮下はその場を離れていたかであろう。

「また、柳沢があらわれるのではないかと思い、何度か鍛冶橋近くへ出かけたのです。今日も、外堀沿いを歩いていて、そこもとの姿を見かけました。だれかを尾けているらしいと気付き、あるいは柳沢と何かかかわりがあるのではないかと思い、跡を尾けてきた次第でござる」

　そこまで話すと、宮下は左近と弥之助にするどい目をむけ、

「そこもとたちは、柳沢に命を狙われているのでござるか」

　と、訊いた。

「そのようだな。……もっとも、われらも、さきほどのやつらを始末しようとしていたので、双方が狙っていたことになるが」

　左近は、鍛冶橋近くで武士が殺害された件の下手人を追っていたことを話した。

「なにゆえ、そこもとたちが、下手人を追っていたのです」

　宮下が怪訝な顔をして訊いた。牢人である左近が、下手人を追っていることが腑に落ちなかったのだろう。

「殺された武士と多少かかわりがあってな」

　左近は言葉を濁した。信明や影目付のことを話すわけにはいかなかったのである。

「ところで、今夜の宿は」

　左近が声をあらためて訊いた。

「浪々の身なれば、雨露を凌げる場所が宿でござる」

宮下は、寺社の御堂の軒下か橋の下でも探すつもりだと言い添えた。

「そういうことなら、おれの家に来ないか。ぼろ長屋だが、雨露は凌げる」

左近は、この場でいつまでも立ち話はできないと思ったのである。

「かたじけない。柳沢のことで、まだそこもとに訊きたいこともあるし、迷惑でなかったらご厄介になろう」

そう言って、宮下は左近と並んで歩きだした。弥之助は黙ってついてくる。

「ところで、巨漢の男は何者だ。坊主のように見えたが」

歩きながら左近が訊いた。

「それがしも初めて目にしたが、名は巌円。雲水とも修験者とも言われているが、いずれにしろ無頼漢でござる」

宮下によると、中山道を旅しているとき、博奕打ちや雲助などから巌円の噂を耳にしたという。

「柳沢と、何かかかわりがあるのか」

「くわしい事情は知りませんが、柳沢は高崎宿で巌円と知り合ったようです。どういうわけか、ふたりは馬が合い、江戸へ同行したようでござる」

「うむ……」

どうやら、柳沢と巌円は江戸に来て、まだそれほど経っていないようだ。となると、柳沢や巌円に永井や上田を殺さねばならない理由があったわけではないだろう。

……ふたりは殺し屋だな。

左近は察知した。何者かが、柳沢や巌円に殺しを依頼したにちがいない。

「おぬしは、柳沢を討つつもりだな」

左近が確かめるように訊いた。

「そのために、旅をつづけているのです」

宮下が夜陰を睨むように見すえて、兄の敵を討つまでは、国許へ帰ることはかないませぬ、とつぶやいた。

6

「名は聞いたことがあるが、面《つら》を見たことはねえ」

喜十が首をひねりながら言った。

この日、弥之助が喜十の住む神田鎌倉町の多左衛門《たざえもん》長屋に顔を出し、宮下から聞いた柳沢と巌円のことを話した。中山道を流れ歩いていた喜十なら柳沢と巌円のことを知っているかと思ったのである。

「ふたりは江戸に来てから、何者かに殺しを頼まれ、永井や上田たちを始末したとみているのだがな」

弥之助が言った。

「そうかもしれねえ」

柳沢や巌円のような男なら、金ずくで人殺しもすると喜十もみたようだ。

「そこで、ふたりに金を出して殺しを頼んだ者だが、おめえ、心当たりはあるかい」

弥之助は船頭のような言葉遣いをした。

「心当たりはねえが、賭場だな」

喜十が言った。

「賭場だと」

「そうさ。柳沢や巌円のように、街道筋の親分の元に草鞋を脱いで、めしを食っていた男が、江戸に出て、まず顔を出すのは賭場だよ。おれも、頭に助けられなけりゃァ賭場の親分の厄介になってたにちげえねえ」

「なるほど。……おめえの読みは、ふたりに殺しを頼んだのは賭場の貸元ってことだな」

「ちがうな」

「ちがうのかい」

「博奕討ちが、身分のある武家の命など狙うはずがねえ。それに、殺されたふたりだが、博奕打ちとかかわりがあったと思うかい」

喜十が断定するように言った。

「おめえの言うとおりだが、それじゃァ柳沢と巌円に殺しを頼んだのはだれとみる」

「おれにも分からねえ。賭場に出入りする男にまちげえねえんだが……。柳沢たちといっしょに町人がふたりいたといったな」

喜十が訊いた。

「いた」

「どんなやつらだい」

「顔ははっきりしねえが、遊び人ふうの男だったぜ。喧嘩慣れしたやつららしく、匕首を遣うのはうまかったな」

「柳沢たちに殺しを頼んだのは、そいつらふたりか、それとも、ふたりの頭か。いずれにしろ、賭場を探れば、様子が知れるだろうよ」

喜十は、仲間内で集まって小博奕を打っているような場所や旗本の中間部屋などではなく、名の知れた貸元がひらいているような賭場だろうと言い添えた。

「喜十、そんな場所に心当たりはあるのか」

「まァな。江戸へ出てから、ちょいと顔を出した賭場なんで」

喜十が首をすくめながら照れたような顔で言った。

さすが、蛇《じゃ》の道は蛇である。喜十は江戸に出てから賭場を嗅《か》ぎつけ、遊んだことがあるらしい。

「どこだい」

弥之助が訊いた。

「神田平永町《ひらながちょう》でさァ」

喜十によると、御輿《みこし》の伝兵衛《でんべえ》という貸元がひらいている賭場だという。伝兵衛は若いころ、御輿を造る御輿師の弟子だったが、遊び好きで賭場へ出入りするようになった。当初は遊び仲間を集めて小博奕を打っていたが、喧嘩が強く気《き》っ風《ぷ》がよかったこともあり、しだいに子分が集まり、いまは親分として賭場をしきっているそうである。

「伝兵衛の賭場を探るのか」

「そんな手間をかけるこたァねえ。あっしに任せてくんねえ」

喜十は、これから行きやしょう、と言って立ち上がった。

まだ、暮れ六ツ（午後六時）前だった。喜十によれば、これから平永町へ行けば、話の聞けそうな男をつかまえられるだろうという。

「柳沢と巌円は、賭場にいても目立つはずでさァ。賭場に出入りする者に訊けば、様子が知れやすぜ」

歩きながら、喜十が言った。

鎌倉町から平永町まで、それほど遠くはない。暮れ六ツを過ぎて、小半刻（三十分）ほど歩くと、賭場の近くまで来ていた。

そこは表通りから細い裏路地へ入り、数町歩いたところだった。古い裏店や雑草におおわれた空地などが目立つ寂れた地である。

「あれが、賭場でさァ」

喜十が指差した。

板塀でかこまれた妾宅《しょうたく》ふうの家屋だった。裏手が笹藪になっていて、左右は雑草の茂った空地である。賭場には、もってこいの場所かもしれない。

「ここで、話が聞けそうなやつが出てくるのを待ちやしょう」

喜十が、路地の脇に茂っていた笹藪の陰へ身をひそめた。弥之助も喜十の脇に身をかがめた。

すでに、辺りは夜陰につつまれ、仕舞屋《しもたや》の戸口から淡い灯《ひ》が洩れていた。ときおり、ふたりがひそんでいる笹藪の前の路地を、職人ふうの男や遊び人などが、足早に通り過ぎていく。賭場へ来た客である。

頭上に弦月が出ていた。風のない月夜で、笹藪のなかから虫の音《ね》がすだくように聞こえていた。

「そろそろ、出てくるころですぜ」

喜十によると、賭場がひらかれ、一刻（二時間）も経てば、博奕に負けて銭のなくなった者が出て来るという。

「喜十、くわしいな」

「あっしは、がきのころから賭場へ出入りしてやしたからね。そのせいで、親兄弟からも離れ、野良犬みてえになっちまいやしたがね」

喜十がしんみりした口調で言った。

「喜十、おれたちはみんな同じさ。頭が言ってたろう、おれたちは亡者だと。死んでも成仏できねえ身なのさ」

弥之助がそう言ったとき、足音がし、夜陰のなかに人影が見えた。若い遊び人ふうの男が、ふて腐れたように両肩を左右に振りながら歩いてくる。博奕に負けて、出て来たらしい。

「話の聞けそうなやろうが、来やしたぜ」

喜十が、念のため、やつの後ろへまわってくだせえ、と小声で言った。

若い男が十間ほどに近付いたとき、喜十は笹藪の陰から路地へ飛び出した。

若い男は、ギョッとしてその場に立ちすくんだ。無理もない。突然、笹藪を分ける音がし、男が飛び出してきたのである。

「な、なんだ、てめえは！」

若い男は、前に立った喜十を見て声を上げた。身も声も震えている。

「脅かしてすまねえ。おめえに、ちょいと聞きてえことがあってな」

喜十は薄笑いを浮かべて男のそばに近寄った。この間に、弥之助が男の背後にまわり、退路をふさいでいる。

「お、岡っ引きか」

男の顔は蒼ざめている。

「おれが岡っ引きに見えるかい。おめえと同じ、博奕好きのろくでなしよ」

喜十が男の脇へまわり込んで言った。

「な、何が訊きてえんだ」

男の顔にいくぶん血の気がもどった。同類のやくざ者と見て、安堵《あんど》したようである。

「なに、てえしたことじゃァねえんだ。それによ、おめえを厄介な目にあわせるようなことはしねえよ」

喜十は男の背に手を伸ばし、後ろから押すようにして歩きだした。この場につっ立ったまま話すわけにはいかなかった。賭場から別の男が出て来て喜十たちを目にすれば、騒ぎ立てるかもしれない。

「賭場に、柳沢ってえ牢人はいねえかい」

喜十が訊いた。

「柳沢なァ、聞いたことがねえぜ」

男は首をひねった。知らないらしい。

「巌円てえ、坊主はどうだい。熊のような大男だ」

「名は知らねえが、熊のような坊主のことなら聞いたことがあるぜ」

「そいつは、伝兵衛親分の賭場に出入りしてるのかい」

喜十は、その男が巌円だろうと思った。賭場に出入りするような坊主は滅多にいないし、熊のような男となれば、まずまちがいない。

「ここの賭場じゃァねえ。本所の松坂町よ」

「回向院のそばか」

喜十は、行ったことはないが回向院の近くにも賭場があると耳にしたことがあった。

「そうよ」

「貸元はだれだい」

「彦蔵《ひこぞう》親分だ」

「助かったぜ」

そう言って、喜十は足をとめた。これ以上、男から訊くことはなかったのである。

喜十と弥之助は、明日、松坂町へ行ってみることにし、その夜はそれぞれの塒にもどった。

7

「それで、ふたりに逃げられちまったのかい」

矢島が渋い顔をして言った。

日本橋川沿いの通りで、柳沢たちが左近たちを襲った翌日である。横網町の矢島の屋敷に、六人の男女が集まっていた。矢島、柳沢、厳円、唐八、勘兵衛、それにおえいである。

「思わぬ男が、飛び込んできてな」

柳沢は抑揚のない声で言った。四人の男たちとすこし離れた座敷の隅で、貧乏徳利の酒を手酌で飲んでいる。

「そやつ、おぬしを兄の敵と呼んで、狙ってるそうだな」

矢島が訊いた。

「国許で、つまらぬことがあってな。兄を斬ったのだ」

柳沢はそれ以上口にしなかった。触れられたくない過去の出来事である。

「むかしのことを詮索《せんさく》するつもりはねえが、おぬし、これからどうする気だ」

「どうもせぬ。いままでと、何も変わらぬ」

宮下俊之助が江戸へ姿をあらわしたからといって、柳沢は江戸から逃げるつもりはなかった。いずれどこかで決着をつけねばならない相手である。その時が来れば、いつでも立ち合うつもりだった。

「これからも、影目付たちを斬ることに手を貸すのだな」

矢島が念を押すように訊いた。

「そのつもりだ」

柳沢は、左近と切っ先を合わせ、遣い手だと察知した。いままで出会ったことのない強敵だった。

……こやつ、おれと似ている。

左近の姿を見たとき、柳沢はそう思った。左近は一匹狼のような冷酷さと悲愴さを持っていたのだ。

柳沢は、この男は、おれの手で斬りたい、と思った。猛獣が縄張り内に侵入してきた他の猛獣と鼻を突き合わせたようなものだった。剣客も己の爪牙《そうが》で生きる猛獣と同類なのかもしれない。

「それで、ふたりの名は分かったのか」

矢島が他の男たちに視線をまわしながら訊いた。

「分からねえ、名も塒も」

唐八が言った。唐八も胡座をかいて、湯飲みで酒を飲んでいる。

「ですが、ふたりはまちがいなく影目付ですぜ」

唐八が、町人が鉄礫など遣うはずがないことを言い添えた。

「旦那、ふたりは唐八を始末する気で尾けてきたわけじゃァありませんぜ。唐八の塒をつきとめた上で、あっしらを嗅ぎ出そうとしたにちげえねえ」

勘兵衛が言った。眉の濃いいかつい顔が行灯《あんどん》の灯を横から受けて陰影を刻み、鬼瓦《おにがわら》のように見えた。

「兄貴、どういうことだい」

唐八のおでこが、紅潮して赭黒く染まっている。どうやら、勘兵衛は唐八の兄貴格のようである。

「影目付たちは、おれたちを始末しようってえんじゃァねえのかな」

そう言って、勘兵衛が目をひからせた。

「殺しを引き受けたおれたちが、逆に命を狙われてるってえことか」

厳円が胴間声《どうまごえ》で言った。

「なに、お互いが殺し合いになるのは、初めから分かってたことさ。危ねえ橋を渡らねえことには、金にはならねえよ」

矢島が男たちを見まわして言った。双眸が行灯の灯を映して、熾火《おきび》のようにひかっている。いっとき、男たちが険のある顔で黙り込んでいると、

「影目付だか亡者だか知らないけど、みんな殺しちまえばいいんだよ」

おえいが甲走った声で言った。

「おえいの言うとおりだぜ」

と、矢島。

「それで、どんな手を打ちますかい。また、伊豆守の屋敷近くをうろついて、亡者どもをおびき出しやすか」

勘兵衛が訊いた。

「それもいいが、亡者どもが同じ手にかかるかな」

矢島が言い、腕を組んで口をつぐんでいると、

「おれが、囮《おとり》になろう」

と、巌円が言い出した。

「囮だと」

矢島が聞き返した。

「そうだ。おれの姿は、目立つ。遠くから見ても、おれと気付くだろうよ。おれが、日本橋辺りを歩いていれば、亡者どもが近寄ってくるはずだ」

「巌円の言うとおりだが、亡者をおびき出しても唐八のときと同じだぞ。それに、今度は向こうも用心して、下手に尾けまわしたりはしねえだろう」

矢島はいい策だとは思わなかったようだ。

「今度は待ち伏せなどしなくていい。それらしいのが姿を見せたら、こっちで跡を尾けて塒をつきとめるんだ」

巌円は、影目付のひとりの塒でも分かれば、その男を尾けて仲間の塒もつきとめられると言い添えた。

「亡者どもの居所が知れれば、ひとりひとり狙うことができやすぜ」

唐八が声を上げた。

「跡を尾けるやつは、うちの若いやつにやらせやしょう」

勘兵衛は、笹乃屋の若い衆《し》を使うつもりらしい。その方が、かえって影目付たちも油断するだろうというのだ。

「よし、亡者どもを残らず闇から引っ張り出して、おれたちの手で成仏させてやろうじゃァねえか」

矢島はそう言って、膝先にあった貧乏徳利を手にした。やっと、飲む気になったらしい。勘兵衛や唐八も湯飲みに手を伸ばし、手酌で酒を飲み始めた。行灯の薄明りのなかで、六人の男女の酒を飲む音とくぐもったような話し声がしばらく聞こえていた。

第四章　敵影

1

古い土蔵の戸口から、かすかに明りが洩れていた。その明りのなかに、格子縞の単衣を尻っ端折りした若い男の姿がぼんやりと浮き上がっている。

「あれが、彦蔵の賭場ですぜ」

喜十が土蔵を指差しながら言った。

戸口にいる若い男は、下足番をしている三下らしかった。

「商家の土蔵だな」

弥之助は、つぶれた商家の土蔵を賭場に改装したのだろうと思った。

喜十と弥之助が、伝兵衛の賭場から出てきた若い男に彦蔵の賭場のことを聞いてから三日後だった。

その後二日かけて、喜十が本所、松坂町を歩き、彦蔵の賭場を探し出したのである。そこは、表通りから細い路地を入った商家の裏手にあった。商家は古手屋《ふるてや》だった。その古手屋のあるじが、彦蔵らしかった。

近所で聞き込むと、古手屋の前は、奉公人を何人も使っている傘屋だったそうである。その傘屋が左前になり、彦蔵が土蔵ごと買い取ったという。おそらく、彦蔵は古手屋を隠れ蓑《みの》にして、賭場をひらいたのであろう。

「巌円は来てるかな」

弥之助が訊いた。

ふたりは、土蔵の戸口が見える裏店の板塀の陰にいた。すでに、暮れ六ツ半（午後七時）ごろで、辺りは夜陰につつまれていた。ふたりがこの場にひそんで小半刻（三十分）ほど経ち、その間に賭場の客らしい男が何人も入っていったが、巌円らしき男の姿は見ていなかった。

「だれか出て来たら、あっしが訊いてきやしょう」

喜十は巌円なら目立つので、賭場の客に訊けばすぐに分かるだろうと言い添えた。

それからいっときして、戸口にいた三下に見送られて、小店の主人らしい男がひとり出てきた。両肩を落とし、萎《しぼ》んだように背を丸めている。博奕で負けたのだろう。

その男が、喜十たちふたりの前を通り過ぎると、

「ちょいと、待っててくだせえ」

喜十がそう言い置いて、男の後を追った。

すぐに、喜十の姿は夜陰のなかに溶け込むように消えたが、小半刻ほど待つと、喜十がもどってきた。

「巌円は賭場にいねえそうですぜ」

喜十が弥之助のそばに来て言った。話を聞いたのは、下駄屋のあるじだという。

「いねえんじゃァ、賭場を見張っててもしょうがねえな」

「ですが、いろいろ様子を訊いてきやした」

「そういうことなら、そばでも食いながら話すかい」

弥之助は腹が減っていた。おそらく、喜十も同じだろう。

「そいつはいい」

喜十がニンマリした。

ふたりは板塀の陰から出ると、回向院の門前を経て竪川《たてかわ》沿いの通りへ出た。すこし歩くと、赤塗りの提灯に『さけ、たぬき』と書いて軒下にぶら下げている飲み屋があった。

「ここでいいか」

弥之助が訊いた。ちかくに一膳めし屋やそば屋は見当たらなかった。縄暖簾を出した飲み屋だが、菜めしか茶漬けぐらいなら食わしてくれるだろう。

「へい、一杯《いっぺぇ》やりながら話しやしょう」

喜十はすぐに承知した。酒好きだったので、そば屋よりいいのかもしれない。

店のなかは薄暗かったが、思ったより騒がしかった。土間に並べた飯台で、船頭や職人らしい男が数人賑やかに飲んでいる。すでに出来上がり、熟柿《じゅくし》のように顔を赤く染めてまくしたてている男もいた。

喜十と弥之助は、隅の飯台に腰を下ろした。すぐに、店の親父らしい丸顔で浅黒い顔をした男が注文を訊きにきた。暗がりで見ると、店の名は親父の顔から取ったのかと思われるほど狸《たぬき》に似た顔をしている。

「親父、酒を頼まァ。肴はみつくろってくんな」

喜十が親父に頼んだ。

いっときすると、親父が徳利と猪口《ちょこ》、小鉢の漬物、それにこんにゃくと小芋《こいも》の煮染《にしめ》を盆で運んできた。

「まずは、一杯」

そう言って、喜十が徳利を手にした。

「おっ、すまねえ」

弥之助は猪口に酒をついでもらうと、自分でも徳利を取って喜十についでやった。

ふたりでいっとき酌み交わした後、

「彦蔵の賭場ですがね。柳沢も顔を出してたようですぜ」

と、喜十が小声で言った。店の客に話を聞かれたくなかったのである。

「柳沢もか」

「へい、それが、ちかごろは、ふたりともまったく顔を出さねえそうで」

「賭場で遊んでられねえのは、他のことで忙しくなったからだろうよ」

「殺しですかい」

そう言って、喜十は猪口に手酌で酒をついだ。

「そうだ。永井と上田を斬っただけじゃァねえ。おれたちの命も狙ってきたからな。いまも、巌円と柳沢はだれかの命を狙って、うろついてるかもしれねえぜ」

「その巌円ですがね」

喜十が弥之助を見つめて言った。

「賭場から出てきた下駄屋のあるじが言うには、昨日、日本橋で巌円の姿を見かけたそうですぜ」

「日本橋だと」

「へい、日本橋通りを歩いていたそうで」

下駄屋のあるじは日本橋に所用で出かけたおり、日本橋通りを京橋の方へ歩いていく巌円を見かけたそうである。

「ひとりか」

「いっしょに歩いているやつは、いなかったと言ってやした」

「また、伊豆守さまの屋敷でも見張るつもりだったのかな」

そう言ったが、弥之助はすぐに首を横に振り、巌円のような目立つ男が屋敷を見張るはずはねえな、とつぶやいた。

「巌円がどこに行ったかは分からねえが、もうひとり、尻尾《しっぽ》をつかめそうなやろうが話に出てきやしたぜ」

喜十はそう言って、弥之助の猪口に酒をついだ。

「だれだい」

「唐八ってえやろうでしてね。下駄屋のあるじの話だと、賭場へ巌円や柳沢といっしょに来たことがあるらしいんで」

「唐八な」

弥之助は、初めて聞く名だった。

「唐八は、いまでも賭場には顔を出してるそうですぜ。年格好は二十五、六で、おでこがひろく、目の落ちくぼんだ男だそうで」

「そいつだ！」

思わず、弥之助が声を大きくした。その声が、店にいた男たちにも聞こえたらしく、いっせいに視線を弥之助にむけた。

弥之助は照れたような顔をして、すまねえ、と小声で言った後、

「そいつだよ、おれと左近さまとで、伊豆守さまのお屋敷近くから尾けていったのは。おでこがやけに目立ったし、目もくぼんでたからまちげえねえぜ」

と、上体を前に折るようにしてささやいた。

「そいつを尾ければ、一味の正体が知れやすね」

喜十が目をひからせて言った。

2

茂蔵が亀田屋を出ようとすると、通りの先に万吉の姿が見えた。京橋の方から、小走りにやってくる。

万吉はひどく慌てていた。茂蔵に何か伝えることがあるのかもしれない。

茂蔵は戸口を出たところで、万吉を待った。

「だ、旦那さま、いました」

万吉が、喘ぎながら言った。

「何がいたんです」

「ぼ、坊主が……。熊みてえに図体《ずうたい》のでけえ坊主が、京橋を渡って街道を南にむかっていきやした」

京橋から南に延びる街道は、東海道である。日本橋、京橋、新橋、品川へとつづいていく。

「巌円か」

茂蔵の顔から亀田屋の主人らしい柔和《にゅうわ》な表情が拭い取ったように消えた。

茂蔵は念のため、万吉に巌円と柳沢の風体《ふうてい》を話し、それらしい男を見かけたら報《し》らせるよう話してあったのだ。

「行ってみましょうか」

京橋までは近かったが、これから行って巌円に追いつけるかどうかは分からなかった。

「左近さまに、知らせやすか」

歩きながら万吉が訊いた。

「いや、いい。とても間に合わんだろう」

日本橋小網町まで左近を迎えに行っている間はなかった。それに、今日のところは巌円を尾行するだけにしようと思っていた。蛸をつきとめれば、後はどうにでもなる。

茂蔵は小走りに京橋へむかった。巨軀《きょく》だが、意外に足は速い。万吉も足腰は丈夫で、茂蔵に遅れずに跟《つ》いてきた。

東海道は賑わっていた。旅人、行商人、荷を積んだ駄馬を引く馬子《まご》、駕籠、品川宿の女郎屋を目当てに遊山に行く男などが行き交っていた。

「姿は見えんな」

茂蔵は街道の左右に目をやったが、巌円の姿はなかった。巨漢に法衣という特異な風貌《ふうぼう》なので、後ろ姿でもそれと分かるはずだ。

「旦那さま、坊主はむこうへ行きやした」

万吉は街道の南を指差した。

「追ってみるか」

まだ、それほど遠くまで行ってはいないだろう。

茂蔵は行き交う人々の間を縫うようにして歩いた。万吉は前に立って、小走りになった。

そうやって数町歩いたとき、ふいに万吉が雷にでも打たれたように足をとめてつっ立った。

「どうした、万吉」

茂蔵が訊いた。

「ま、前から、坊主が……」

万吉が声を震わせて言った。

見ると、遠方に墨染めの法衣を身にまとった雲水らしい男の姿が見えた。巨漢である。しかも、金剛杖を持っている。まちがいない。巌円である。どこまで行ったか分からないが、引き返してきたらしい。

「万吉、隠れるんだ」

そう言って、茂蔵は通り沿いにあった瀬戸物屋の脇の天水桶の陰へまわり込んだ。万吉も茂蔵の脇に張り付くようにして身を隠した。

巌円は街道のなかほどを大股でのっしのっしと歩いてくる。濃い眉、ギョロリとした目、分厚い唇。その厳《いか》つい顔と巨漢があいまって、まさに巨熊のような風貌だった。擦れ違う通行人たちは恐れをなして道をあける。

巌円は茂蔵たちの前を通り過ぎ、京橋の方へむかっていく。

「万吉、先に帰って番頭さんに、所用ですこし遅くなると話しておいてくれ」

そう言い残して、茂蔵はひとりで巌円の跡を尾け始めた。巌円を尾けるだけなら、万吉はいらなかったのだ。

万吉は不安そうな顔をしたが、何も言わず、遠ざかっていく茂蔵の後ろ姿を見送っていた。

茂蔵が巌円の跡を尾けて京橋を渡り始めたとき、半町ほど後方をふたりの男が歩いていた。ひとりは元助《もとすけ》。笹乃屋の包丁人見習いだった。もうひとりは芝造《しばぞう》。こちらは笹乃屋の若い衆で、客の送り迎えや座敷の掃除、行灯の油差しなどをしている。ふたりとも二十歳そこそこに見えたが、芝造の方がすこし年上かもしれない。

ふたりは勘兵衛から、巌円の後方を歩き、尾行者らしい者に気付いたら、跡を尾けて行き先をつきとめるように指示されていた。つまり、巌円が囮になって歩き、あらわれた尾行者を尾行するのである。

ふたりは巌円から一町の余も距離を取って歩いていたが、芝造が途中天水桶の陰から通りへ出てきた茂蔵に気付いた。

「おい、あの大柄の男、坊さんの跡を尾けてるんじゃァねえのか」

芝造が小声で言った。ふたりは茂蔵の顔も名も知らなかったのだ。

「だがよ、うろんな男には見えねえぜ。店屋のあるじのようだ」

元助が首をひねりながら言った。

「しばらく、尾けてみよう」

ふたりは、先へ行く巌円と茂蔵の両方に目をやりながら歩いた。

巌円は賑やかな日本橋通りを日本橋へむかって歩いていく。陽は西の空にまわり、通りを大店の土蔵造りの店舗が長い影でおおっていた。暮れ六ツ（午後六時）までには、まだ半刻（一時間）ほどあろうか。行き交う人々のなかに、早じまいした出職の職人や大工などの姿がちらほら見られた。

巌円は日本橋を渡ると、すぐに右手にまがった。魚河岸のある日本橋川沿いの道へ出たのである。

すると、巌円の後方を歩いていた大柄な男が小走りになった。そして、日本橋を渡り終えると、すぐに右手にまがった。

「あいつ、やっぱり尾けてるぜ」

芝造が言った。

「まちげえねえ。おい、見失っちまうぜ」

そう言って、元助が駆けだした。芝造も慌てて後を追った。

橋のたもとまで来ると、日本橋川沿いの通りを歩いていく大柄な男と巌円の姿が見えた。ふたりは、ほぼ半町ほどの距離を保ったまま人混みのなかを川下へむかっていく。そこは魚河岸らしく、印半纏を着た魚屋や乾物屋の奉公人、船頭、荷揚げ人足などが忙しそうに立ち働いていた。

3

茂蔵は前方の巌円に気をとられて、背後から尾けてくるふたりに気付かなかった。もっとも、気を配って背後のふたりの姿を見たとしても、尾行者とは思わなかったかもしれない。日本橋通りも魚河岸前の通りも、大勢の人々が行き交っていた。よほど不審な動きでもしなければ、尾行者かどうか分からないのである。

前を行く巌円の足がさらに速くなった。遅れまいとして、茂蔵は小走りになった。巌円は江戸橋のたもとを過ぎ、掘割にかかる荒布橋《あらめばし》を渡った。

と、ふいに巌円は左手にまがり、さらに下駄屋らしい表店の先を右手にまがって、姿が消えた。

……逃がすか。

茂蔵は走りだした。ここまで、尾けてきて見失いたくなかった。

荒布橋を渡って左手にまがり、下駄屋の脇まで来て路地に目をやった。

……いない！

路地に巌円の姿はなかった。そこは細い裏路地で、小体《こてい》な店や表長屋などがごてごてとつづいていた。長屋の女房らしい女や子供、ぼてふりなどの姿が見えた。

茂蔵は路地へ走り込んだ。巌円の姿はない。巌円はどこかの店に入ったか、さらに別の路地へ入ったかである。茂蔵は店を覗いたり、細い路地に目をやったりして歩いたが、巌円の姿はどこにもなかった。

……撒《ま》かれたか。

茂蔵は、巌円が尾行されていることに気付いて、撒いたにちがいないと思った。入り組んだ路地を利用して、見事に姿を消したのである。

もっとも、巌円にしてみれば、尾行されることを想定し、この地の入り組んだ路地を利用して撒くことにしていたので、予定の行動を取ったまでのことだった。

仕方なく、茂蔵は来た道を引き返し始めた。亀田屋に帰るしかなかったのだ。


元助と芝造は、下駄屋の店先に立っていた。男物の下駄を手にして品定めでもしているような振りをし、荒布橋を渡って行く茂蔵の背に目をむけていた。

茂蔵は足早に日本橋の方へ歩いていく。

「元助、尾けるぜ」

芝造が先に下駄屋の前を離れた。脇にいた元助も手にした下駄を店先に置くと、芝造の後を追った。

ふたりは前後の位置を替えながら、茂蔵の跡を尾けていく。尾行といっても、楽だった。賑やかな通りだったので、後ろ姿を見失わずに歩いていけば、不審を抱かれる恐れはなかったのである。

巌円に撒かれてから、茂蔵は背後にも気を配り、何度か振り返って見た。そのとき、視界のなかにふたりの姿が入ったのかもしれないが、茂蔵は尾行されているとは思わなかった。

ふたりの尾行が巧みだったからではない。逆だった。ふたりとも、どこにでもいる若者の格好をしていたし、足を引きずるようにして歩く姿も、だらしなく見えた。尾行者らしき雰囲気はまったくなかったのである。それがかえって、茂蔵のような影で生きる者の目を欺く結果になったのである。

茂蔵はふたりの尾行に気付かず、京橋を渡ると左手にまがり、亀田屋のある水谷町へむかった。

「おい、あの店へ入《へえ》ったぜ」

そう言って、芝造が八丁堀川沿いの柳の陰に身を寄せた。

「献残屋らしいな」

元助も、芝造のそばに来て茂蔵が入った店を見つめている。

「あの店のあるじかも知れねえな」

「店を覗いてみるか」

「馬鹿言うんじゃァねえ。おれたちが尾けてきたことが、やつに知れれば、命はねえぜ」

芝造がたしなめるように言った。やはり、芝造が兄貴格のようである。

「旦那に知らせるか」

「その前に、すこし探ってみようじゃァねえか」

芝造が、近所の店で訊けば様子が知れるぜ、と言って、樹陰から通りへ出た。

ふたりは、亀田屋からすこし離れた表店に立ち寄って、尾けてきた男や店のことを訊いた。その結果、男の名は茂蔵で、亀田屋の主人であることが分かった。奉公人は女中も入れて数人で、口入れ屋も兼ねているとのことだった。ふたりが耳にした話のなかに、不審な点はなかった。堅実な商いをしている店の主人としか思えない。だが、茂蔵が巌円を尾けたことはまちがいなかった。

芝造と元助は笹乃屋にもどると、すでに店にもどっていた巌円と勘兵衛にことの次第を報告した。

「献残屋だと」

勘兵衛が怪訝な顔をして聞き返した。

「へい、亀田屋といいやす」

芝造が、聞き込んだ奉公人のことや口入れ屋も兼ねていることなどを言い添えた。

「名は茂蔵か」

勘兵衛は腕を組んで首をひねった。芝造たちの話からしても、影目付とは思えなかったのであろう。

「いずれにしろ、茂蔵がおれの跡を尾けていたとなると、ただの鼠《ねずみ》じゃァねえ」

巌円が胴間声で言った。

「よし、分かった。ごくろうだったな」

勘兵衛はふたりに、また、頼むぜ、と言って、袂からお捻《ひね》りを出して手渡した。

「ありがてえ」

芝造と元助はお捻りを手にすると、そそくさと座敷を出ていった。

ふたりの足音が聞こえなくなると、勘兵衛と巌円は立ち上がり、隣の座敷との間の襖をあけた。

そこに、矢島と柳沢の姿があり、四人分の酒肴の膳が並べてあった。この日、矢島と柳沢が笹乃屋に顔を出し、帰ってきた巌円と勘兵衛を交えて一杯やっていたのである。

勘兵衛は自分の席に腰を落とすと、

「旦那、聞こえましたかい」

と、矢島に訊いた。

「あらかたな」

矢島が低い声で言った。柳沢は表情のない顔で、無言のまま膝先に視線をむけている。

「それで、どうしやす」

勘兵衛が訊くと、

「始末したらどうだ」

巌円が大きな目をひからせて言った。

「殺せば、そこで切れちまうぞ。それより、しばらく泳がせて亡者どもの仲間をつかんでからの方がいいだろう」

矢島が言った。

「おれはどうでもかまわんが、江戸の町を歩きまわるのは、たくさんだぜ。賑やかなのはいいが、踏みつぶしそうで、どうにも歩きにくい」

巌円が苦笑いを浮かべた。

「あとは、唐八と店の若いやつにやってもらうさ」

「殺るときは、いつでも言ってくれ」

巌円は銚子《ちょうし》を手にすると脇に座している柳沢に酒をつぎながら、

「柳沢の旦那も、斬りたそうな顔をしてるぞ」

そう言って、ニタリと笑った。

柳沢は黙って酒を受けているだけである。

4

「なかなか姿を見せねえな」

喜十が生あくびを嚙み殺しながら言った。

「そろそろ来るころだろう。博奕好きなら、いつまでも我慢できねえはずだ」

弥之助は、彦蔵の賭場である土蔵を見つめたまま言った。

喜十と弥之助は、賭場の見える裏店の板塀の陰にいた。ふたりがこの場にひそんで、賭場を見張るようになって四日目である。もっとも、暮れ六ツ（午後六時）前後の二刻（四時間）ほどだったので、それほどの負担ではない。

「今日も、無駄骨か」

喜十が立ち上がって、両手を突き上げて伸びをした。

すでに、辺りは夜陰につつまれ、頭上には鎌のような三日月が出ていた。路地を吹きぬける風には晩秋を思わせるような冷気がある。

そのとき、足音が聞こえ、賭場へつづく小径に人影が浮かんだ。

「だれか、来やすぜ」

喜十が小声で言った。顔がひきしまっている。

足音はしだいに大きくなってきた。ぼんやりしていた人影の輪郭がはっきりしてきて、淡い月明りのなかに弁慶格子の着物が識別できるようになった。尻っ端折りし、両脛をあらわにしていた。遊び人ふうの男である。

男の姿が近付くにつれ、顔の目鼻も分かるようになってきた。

「やつだ！」

弥之助が声を殺して言った。

青白い月光のなかに、額がひろく、目の落ちくぼんだ唐八の顔が浮き上がったように見えた。

唐八は足早に賭場へむかって行く。

ふたりは板塀の陰から、唐八が通り過ぎて行くのを息を殺して見つめていた。唐八は両肩を振るようにして、遠ざかって行く。

「やっと、お出ましだぜ」

喜十が目をひからせて言った。

唐八は戸口にいた下足番の三下になにやら声をかけ、土蔵のなかへ入っていった。これから ひと勝負する気なのだろう。

「どうする」

弥之助は、唐八が博奕を打つならすくなくとも一刻（二時間）は出てこないだろうと踏んだのだ。

「今夜は遅くなるかもしれねえ。腹ごしらえをしておきやしょう。まず、あっしが見張りやすから、弥之助さんはめしを食ってきてくだせえ」

喜十は、交替してめしを食いに行こうというのである。

「分かった。半刻（一時間）ほどでもどる」

そう言い置いて、弥之助がその場を離れた。

弥之助が腹ごしらえをしてもどると、喜十は板塀の陰から賭場へ目をむけていた。

「唐八は入《へえ》ったままですぜ」

喜十が言った。

「喜十、おまえの番だ。めしを食ってこい」

「へい、それじゃァ、ちょいと」

すぐに、喜十はその場を離れ、夜陰のなかに姿を消した。

喜十は半刻（一時間）ほどしてもどってきた。唐八は、まだ賭場から姿を見せなかった。そろそろ町木戸のしまる四ツ（午後十時）ごろになろうか。すでに、賭場からは何人もの男が姿をあらわし、路地をたどって帰っていった。

まだ、賭場の勝負はつづいているようだ。土蔵の戸口から明りが洩れ、下足番の三下の姿もあった。

「唐八のやつ、夜通し打つつもりかもしれねえ」

めずらしいことではなかった。夜明けとともに帰る客も、すくなくないのである。

「待つさ」

弥之助は当然のことのように言った。弥之助のような影目付は、夜が戦いの舞台といってもいい。闇は苦にならないのである。

それからしばらくの間、唐八は姿をあらわさなかった。子《ね》ノ刻（午前零時）を過ぎていたろうか。戸口の明りのなかに人影があらわれた。弁慶格子の着物を尻っ端折りした遊び人ふうの男である。

「出てきたぞ」

弥之助が小声で言った。喜十も夜陰のなかで目をひからせて、戸口に姿をあらわした男を見つめていた。まちがいなく、唐八である。

そのとき、戸口で下足番をしていた三下の姿はなかった。めしでも食いにいったのかもしれない。

唐八は懐手をして跳ねるような足取りで、弥之助たちがひそんでいる板塀の方へやってきた。博奕で目が出たようである。

ふたりは、唐八が通り過ぎ、その後ろ姿が遠ざかってから路地へ出た。

「おれの後を、ついてきてくれ」

弥之助が、喜十に言った。

深夜の尾行は、弥之助の方が巧みだった。ふたりとも闇にとける黒と茶の装束《しょうぞく》に身をつつんでいたので、姿を隠すことに気を使うことはなかったが、問題は足音である。町筋を夜の静寂がつつんでいたので、かすかな足音や気配でも相手に気付かれる恐れがあったのだ。

弥之助は忍者ではなかったが、忍び足や気配を消す歩行法を会得《えとく》していた。影目付のなかでも特に尾行や屋敷内の潜入に長《た》けていたのである。

唐八は回向院の北側を通って大川端へ出た。慣れた道らしく、暗闇にとざされた道も迷うことなく歩いた。

前方から、川の流れの音が聞こえてきた。轟々《ごうごう》とした音には大地を揺らすようなひびきがあった。

大川である。黒ずんだ川面が広漠とひろがっていた。川面の無数の起伏が月光に照らされ、絹糸を敷きつめたように淡い白銀色にひかっていた。日中は多くの船が行き来しているのだが、いまは一艘《そう》の船影もない。耳を聾《ろう》するような流れの音が聞こえてくるだけである。

唐八は大川端の道を川上にむかって歩いていく。

弥之助は川沿いの樹陰や町家の軒下闇などをたどりながら尾けた。弥之助はしだいに唐八との間をつめていった。足音を川の流れの音が消してくれるので、気にする必要がなかったのである。

唐八は石原町《いしわらちょう》まで来ると、左手の町家の間の細い路地へ入っていった。

弥之助は走った。路地の両側は小体な町家がつづき、唐八の姿が見えなくなったからである。

路地の入り口まで行くと、前方に唐八の姿が見えた。唐八は草履《ぞうり》の音をひびかせながら路地のなかほどを歩いていく。

それから一町ほど歩いたところで、唐八は路地木戸を入っていった。木戸は表戸をしめた足袋屋と舂米屋《つきごめや》の間にあった。長屋への入り口である。

弥之助が足袋屋の脇で、路地木戸に目をやっていると、後ろから喜十が走り寄ってきた。

「唐八は、ここへ入ったよ」

弥之助が小声で言った。

「やつの塒ですぜ」

「そうらしいな」

弥之助も、この長屋が唐八の塒だろうと思った。

「つづきは、明日だ」

弥之助が言った。今夜はどうにもならないが、明日近所で聞き込んで唐八の身辺を洗ってみようと思った。

翌日、弥之助と喜十はふたたび石原町へ足を運び、唐八が入っていった路地木戸の近くの表店に立ち寄って聞いてみた。ふたりして半日ほど聞き込むと、唐八のことがだいぶ知れてきた。

やはり、名は唐八だった。長屋の名は庄兵衛店《しょうべえだな》。唐八は独り者で、二年ほど前に料理屋の包丁人見習いという触れ込みで越してきたようだ。

ところが、唐八はほとんど仕事には行かず、昼間は長屋でごろごろしていて、陽が落ちるころ出かけることが多いという。長屋の住人との付き合いもほとんどなく、女子供などは怖がって近付かないそうである。

ただ、肝心の柳沢や巌円とのかかわりは分からなかった。近所の住人も、唐八の仲間のことまでは知らないようだった。

「しばらく、唐八を泳がせてみるしかねえな」

弥之助は、唐八が一味と接触するのを待つより手はないと思った。

5

その日、陽が沈むころ、左近が宮下俊之助を連れて亀田屋に姿をあらわした。茂蔵が芝造と元助に尾けられた三日後のことである。

左近は宮下をしばらく自分の長屋に住まわせていたが、狭い棟割り長屋であり、住人が不審をいだくようになったこともあって、宮下を茂蔵にあずかってもらおうと思ったのである。

亀田屋には人目につかない離れがあり、武士である岩井や左近なども出入りしていたので、宮下が身を隠しつつ敵の柳沢を探すにはいい場所だった。

左近は亀田屋の奉公人の目にとまらぬよう、脇の路地から店舗の裏手の離れに入ろうとした。

　ところが、左近と宮下の姿を目にとめた者がいた。亀田屋を見張っていた芝造と元助だった。ふたりは、勘兵衛の指示で、亀田屋のそばの桟橋に舫《もや》ってあった猪牙舟の上から店先を見ていたのだ。

　亀田屋は八丁堀川沿いの道に面していたので、すこし上流にある桟橋に舟をつなぐと、そこから店先を見ることができたのだ。芝造と元助は亀田屋の近くで見張っていたら気付かれると思い、船頭に化けて猪牙舟の上から見張ることにしたのである。

「おい、店の脇から侍がふたり入っていったぞ」

芝造が、左近と宮下の姿を目にして言った。

　舟の上からは遠かったが、ひとりは痩身で小袖を着流した牢人に見えた。もうひとりは、若く、小袖にたっつけ袴姿だった。

「おれも見たが、あの先に何かあるのかな」

元助も怪訝な顔をした。亀田屋の脇に路地があるとは思えなかったのである。

「店に来た客ではないようだし、妙だな」

　ふたりは、左近と宮下に会ったことがなかったのだ。

「茂蔵の仲間かもしれねえな」

そんな話をしながら、ふたりは亀田屋の店先に目をやっていた。ふたり連れの武士が、はたして茂蔵とかかわりがあるのかどうかも分からなかったので、そのまま見張りをつづけたのである。

いっときすると、暮れ六ツの鐘が鳴り、川沿いの人影もまばらになってきた。亀田屋も店仕舞いするらしく、表戸をしめ始めた。

「おい、出てきたぜ」

芝造が言った。

亀田屋の脇から出てきたのはひとりだった。痩身の牢人だけである。

「ひとりだぞ」

牢人は京橋の方へむかって歩きだした。

「跡を尾けてみるか」

そう言って、元助が舟から下りるような素振りを見せた。

「旦那に話してからでいいんじゃァねえのか。それに、暗くなるぜ」

芝造は腹が減っていて、早く笹乃屋へ帰ってめしを食いたかったのだ。それに、夜陰のなかの尾行は危険である。

「そうだな」

元助も、芝造同様に腹が減っていたのである。

「ともかく、店に帰って旦那に知らせようじゃァねえか」

「そうしやしょう」

元助はすぐに同意し、舫い綱をはずした。一方、芝造は棹《さお》を持つと艫《とも》に立って舟の水押《みお》しを川下へむけた。

ふたりの乗る舟は八丁堀川を下って大川へ出ると、亀島川を経て日本橋川へ入った。そして、掘割をたどって笹乃屋のある伊勢町近くの桟橋に着いた。

笹乃屋にもどったふたりは、帳場にいた勘兵衛に亀田屋の脇から入っていったふたりの侍のことを話した。

「もう一度、ふたりの風体を話してみろ」

勘兵衛が目をひからせて言った。

「へい、痩せた牢人と若い侍でした」

まず、芝造がふたりの風体を話し、つづいて元助が着衣のことを言いたした。

ふたりの話が終わると、

「そのふたり、柳沢の旦那たちとやり合ったやつらだ」

牢人体の男が影目付で、若侍が柳沢を兄の敵と付け狙う宮下だと勘兵衛は思った。その後、勘兵衛は柳沢から宮下の名を聞いていたのだ。

「亀田屋の脇から出ていったのは、牢人だけだな」

勘兵衛が念を押すように言った。

「へい」

「宮下は、亀田屋を宿にしているのかもしれねえな」

「旦那、亀田屋を探ってみやしょうか」

芝造が身を乗り出すようにして言った。

「迂闊に手を出すと、殺られるぜ。亀田屋が、亡者たちの巣かもしれねえからな」

勘兵衛は、芝造と元助に対したときは、影目付とは言わず亡者と呼んでいた。

「ど、どうしやす」

芝造は、首をすくめて言った。元助も、顔をこわばらせている。

「おえいに頼むか」

「姐《あね》さんに」

「そうよ。女なら、向こうも油断するだろう。それに、近所でそれとなく聞き込むだけでいいんだ」

勘兵衛は、亀田屋が影目付の隠れ家らしいと分かれば、茂蔵という男を捕らえて吐かせる手もあると思った。

「おめえたちは、めしでも食ってこい」

勘兵衛がそう言うと、

「へい」

とふたり同時に声を上げ、そそくさと座敷を出ていった。ふたりは腹が減って、勘兵衛との話を早く切り上げたかったのだ。


翌日、おえいは小綺麗《こぎれい》な町娘の格好をして、芝造と元助の舟に乗って水谷町へ出かけた。

舟から下りて通りへ出たおえいは、亀田屋から一町ほど離れた川沿いに小体な紅屋があるのを目にとめた。ちいさな店だが、紅だけでなく、白粉《おしろい》や鬢《びん》付け油《あぶら》なども売っている。

おえいは店に入り、紅を塗った貝殻をふたつ両手に取って、品定めでもするように見比べていた。

「お嬢さん、その右手の紅、色がちがうでしょう」

店の奉公人だろうか。二十歳前後と思われる色白の優男《やさおとこ》が、揉み手をしながら近寄ってきた。女相手に紅白粉を売る奉公人らしいやさしい声を出した。

「これね」

「そうです。その紅は寒紅《かんべに》でしてね。ひかりにかざしますと、玉虫色にひかるんです。お嬢さまなら、天女のように見えますよ」

男は、糸のように目を細めて言った。寒紅は寒の水を使って作られた紅である。

「そうかしら」

「それに、日が経っても色が褪《あ》せない。こんないい紅は他の店にはありません」

男が声を強くして言った。なかなか商売上手である。

「ところで、この先の亀田屋さんだけど、祝儀の品なども扱っているのかしら」

おえいは、いかにも初《うぶ》な町娘のような物言いをした。

「あるでしょうよ。献残屋ですからね」

男が急に無愛想な顔をした。おえいが急に他店の話など持ち出したからであろう。

「この紅、いただこうかしらね」

おえいが言うと、男はすぐに相好をくずし、

「お嬢さま、ご祝儀でございますか」

と、訊いた。

「あたしじゃないの。……そう言えば、亀田屋さんだけど、ここへ来るとき、店の脇からお侍さまが入っていったけど、奥に何かあるのかしらね」

おえいは世間話でもするような調子で訊いた。

「離れですよ。亀田屋さんのあるじの茂蔵さん、碁好きでしてね。近所のご牢人や商売で知り合ったお武家さまなどが、碁を打ちに来るらしいですよ」

男は、その紅、一朱ですが、と言い添えた。

「安いわね」

おえいは、胸元から紙入れを取り出し、一朱銀を男に手渡した。

男から貝殻の紅を入れた紙袋を受け取ると、おえいは、

……一朱は、旦那に出してもらわないと合わないね。

とつぶやき、店から出た。

6

それから、おえいは通り沿いの下駄屋や傘屋などに立ち寄り、茂蔵のことや亀田屋のことを訊いたが、紅屋の奉公人から聞いたことがほとんどだった。他に分かったことは、亀田屋の奉公人のことぐらいである。

「碁だと……」

おえいから話を聞いた勘兵衛は、いっとき睨むように虚空を見つめていたが、そこが、やつらの巣だな、と低い声でつぶやいた。

「おえい、ご苦労だったな」

勘兵衛は、おえいに声をかけて立ち上がった。これから先は、男たちの仕事だと思ったのである。

翌日、勘兵衛は本所横網町の矢島の屋敷へ出かけた。ともかく、これまで探ったことを矢島に話し、次の手を打たなければならない。

矢島は屋敷にいた。めずらしく柳沢と巌円の姿もあった。三人は居間に座り込んで酒を飲んでいた。いつものように三人三様で、勝手に手酌で飲んでいる。

「勘兵衛、何か動きがあったかい」

矢島が訊いた。

「へい、亡者たちの密会場所が知れやした」

勘兵衛は矢島の脇に腰を下ろし、これまでの経緯をかいつまんで話し、茂蔵が巌円の跡を尾けていたことや日本橋川でやり合った牢人と宮下も、かかわりがあるらしいことを付け足した。

「まちがいないな。茂蔵が、影目付の頭かもしれんぞ」

巌円が、ギョロリとした目をして言った。

「茂蔵が頭かどうかはともかく、影目付であることはまちげえねえようだ」

矢島はそう言って、自分の湯飲みを勘兵衛の膝先に置き、おめえも、飲め、と言って貧乏徳利の酒をついでやった。

相変わらず、矢島はやくざな町人のような物言いをした。

勘兵衛は湯飲みを手にしたまま、

「それで、どうしやす」

と、訊いた。

「ひとりひとり始末するつもりだが、もうすこし影目付たちの様子が知りてえな。埒が分かってるのは茂蔵だけだからな」

「その茂蔵を生け捕りにして、締め上げたらどうだ」

巌円が言った。柳沢は座敷の隅に胡座をかいて、表情も動かさずに酒を飲んでいる。男たちの話は耳に入っているはずだが、口を挟むようなことはしなかった。

「茂蔵を締め上げるのはいいが、やろうがいなくなったら、他のやつらが姿を消しちまいやすぜ」

と、勘兵衛。

「うむ……。ところで宮下だが、やつは、亀田屋に身を隠しているそうだな」

矢島が訊いた。

「へい、宮下は亀田屋を宿にしてるとみていやす」

「それなら、心配ねえぜ。宮下を見張ってれば、牢人が姿を見せるだろうよ。それに、茂蔵が吐けば、影目付たちの塒も分かるわけだ。………それより、茂蔵を生け捕れるかどうかだな」

矢島が、斬るよりむずかしいぜ、と三人の男たちに目をやりながら言った。

「生け捕りなら、おれの出番だな」

巌円が胴間声で言った。

「できるか」

「おれの杖で、足の骨を砕いて歩けなくすればいい」

「よし、巌円に頼もう」

矢島が腹をかためたように低い声で言った。

「旦那、茂蔵を生け捕ったら三百だぜ」

巌円が矢島に念を押した。影目付ひとりにつき、三百両という話になっていたのだ。

「分かってるよ。……おれも、すこし手当てをいただいておかねえとな」

矢島は口元に薄笑いを浮かべてつぶやいた。

手付け金として、板倉から三百両もらっていたが、勘兵衛たち四人にくばったので、矢島のふところが寂しくなっていた。

これといった用もないのに板倉が矢島に会うことはないだろうが、鎌田を通じて、その後の手当てを出させることはできるだろうと踏んだのである。


翌日、巌円は笹乃屋へ来ると、勘兵衛が縞柄の単衣と船頭の着るような半纏を出した。すでに、勘兵衛は船頭らしい格好に姿を変えていた。

「その身装《なり》じゃァ目立っていけねえ。着物はおれのもので、おまえにはちいせえだろうが、着てみてくれ」

勘兵衛が言った。

「船頭に化けるのか」

巌円はニヤニヤしながら褌ひとつになり、単衣を着て半纏を羽織った。つんつるてんだが、何とか着られたようである。

「その丸い頭は、これで隠すといい」

勘兵衛は巌円に手ぬぐいを渡した。

手ぬぐいで頬っかむりして坊主頭を隠すと、船頭らしくなった。

「そのでけえ体は隠せねえが、これなら船頭に見えるぜ」

そう言って、勘兵衛は薄笑いを浮かべた。

陽が西にかたむいてきたころ、巌円と勘兵衛は笹乃屋の近くの桟橋から猪牙舟に乗り込んだ。舟には芝造と元助が待っていて、ふたりが乗り込むとすぐに棹を取って舟を出した。

勘兵衛が同行したのは、捕らえた茂蔵を縛り上げて舟に運ぶには手助けが必要だろうと思ったからである。

巌円たちの乗った舟は、これまで芝造たちが亀田屋を見張っていた八丁堀川の桟橋に着けられた。

「さて、いつ、出てくるか。のんびり構えるしかねえな」

勘兵衛が船底に腰を落として言った。

はたして、茂蔵はいつ出てくるのか。下手をすれば、二、三日姿を見せないかもしれない。気長に待つより仕方がないのだ。

「酒を持ってくればよかったな」

巌円も船底に腰を落としたが、不服そうな顔だった。どちらかといえば、巌円は気の短い男だった。

だが、それほど待つことはなかった。勘兵衛たちが桟橋に舟を着け、一刻（二時間）ほどしたとき、店先から茂蔵が姿をあらわしたのだ。

「だ、旦那、あいつだ！」

舳先《へさき》にいた芝造が、声を上げた。

「ひとりだな」

姿を見せたのは、茂蔵ひとりだった。

「よし」

巌円が巨体を持ち上げた。

「待て、舟で尾けよう」

勘兵衛が立ち上がりかけた巌円を制した。

7

その日、茂蔵は左近の長屋へ行くために亀田屋を出たのだ。茂蔵は弥之助たちが唐八の塒をつかんだことは知っていたが、その後のことを聞いていなかった。茂蔵は左近を通して弥之助と喜十に連絡を取り、これまでの探索の様子を訊いた上で、今後の策を考えようと思ったのである。

暮れ六ツ(午後六時)前だった。まだ、西陽が八丁堀川の川面を淡い蜜柑色《みかんいろ》に染めていた。川面を渡ってきた風が、土手の葦や芒《すすき》を揺らしている。

茂蔵は川沿いの道を川下にむかって歩いた。八丁堀川にかかる白魚橋を渡り、八丁堀を抜けて日本橋へ行くつもりだった。

巌円たちの乗る舟が後方から下ってきたが、茂蔵はまったく気付かなかった。まさか、舟で尾けてくるなどとは、思ってもみなかったのだ。

一方、勘兵衛たちも舟で尾ける気はなかったのだが、茂蔵が川沿いの道を川下にむかって歩きだしたのを見て、

……舟で尾けられる。

と、勘兵衛が踏んだのだ。

勘兵衛は捕らえた茂蔵を舟で運ぼうと考えていた。そのためには、尾けられるだけ舟を使いたかったのである。

芝造が艫で櫓《ろ》を握り、元助は舳先で棹を手にしていた。

茂蔵は白魚橋を渡って八丁堀へ出た。そして、八丁堀川と合流している紅葉《もみじ》川沿いの道を日本橋方面にむかった。そこから江戸橋のたもとまで、町並がつづいている。本材木町であ

る。

　本材木町は、江戸橋のたもとから白魚橋のたもとまで、一丁目から八丁目まで紅葉川に沿って細長くつづいている。

　勘兵衛たちの乗る舟は、紅葉川に入った。まだ、舟に乗ったまま茂蔵を尾けることができたのだ。江戸の町は河川や掘割が縦横につながっていることから、たいがいの地は舟で行けるが、尾行となると、よほど見通しの利く道でなければ無理である。勘兵衛たちも茂蔵が道を変えれば、すぐに舟から下りるつもりでいた。

　そのとき、石町の暮れ六ツ（午後六時）の鐘が鳴った。まだ、西の空に残照がひろがり、川沿いの道は明るかったが、人通りはめっきりすくなっていた。仕事を終えた出職の職人や行商人などが、迫りくる夕闇にせかされるように足早に通り過ぎていく。

　茂蔵は本材木町の町筋を抜け、江戸橋を渡ると日本橋川沿いの道を川下にむかった。左近の住む長屋は、川下の小網町にあったのだ。

「おあつらえむきの道へ、来てくれたぜ」

　勘兵衛が声を上げた。

　日本橋川沿いの道は陽が沈むと、人影がすくなくなり、茂蔵を襲って捕らえるにはいい場所だった。それに、舟で先まわりすることもできる。

「芝造、舟を日本橋川へ入れて、先まわりしろ」

「へい」

芝造は、櫓を漕ぐ腕に力を込めた。

舟は川面を切るように進み、日本橋川へ出るとさらに速力を増した。そして、川沿いの道を行く茂蔵を追い越したのだ。


茂蔵は日本橋川沿いの道を足早に歩いていた。道筋は暮色につつまれ、人影がまばらになっていた。茂蔵は小網町に入ると、辺りに気を配りながら歩いた。左近と弥之助が、川沿いの道で柳沢たちに襲撃されたことを聞いていたからである。

鎧ノ渡しを過ぎてすこし歩いたときだった。茂蔵は川岸に積まれた材木の陰に人影があるのを目にした。

黒の半纏を羽織り、手ぬぐいで頬っかむりしていた。大柄な男で、船頭のように見えた。茂蔵は警戒しなかった。大柄だったが、左近や弥之助から聞いていた巌円を思わせるほどの巨漢ではなかったし、ひとりだったからである。

茂蔵が十間ほどに近付いたとき、男がゆっくりとした足取りで通りへ出てきた。頬っかむりした手ぬぐいの間から、底びかりする双眸が茂蔵を見つめている。頤が張り、太い首をしていた。剽悍そうな顔付きである。

……こいつ、左近さまたちを襲った一味のようだ。

と、茂蔵は察知した。

勘兵衛だったが、茂蔵は勘兵衛を見るのは初めてだったのだ。

「何か用か」

茂蔵が足をとめて訊いた。

「いっしょに来ていただきたいんで」

勘兵衛が薄笑いを浮かべて言った。船頭というより、商家の旦那といった物言いである。

「どこへ」

「来てもらえば、分かりますよ」

「いっしょに行く気はないな」

「痛い目をみるだけ損ですよ」

「そうかな」

茂蔵はゆっくりとした動作で羽織を脱ぎ捨てた。素手で戦うつもりだった。茂蔵は、柔術と捕手を主に編まれた制剛流の達者で、もともと武器はいらなかったのだ。それに、相手の男も素手だったのである。

そのとき、茂蔵は後方に重い足音を聞いた。振り返ると、手ぬぐいで頰っかむりした巨漢の男が近付いてくる。六尺を越える大男で、金剛杖を手にしていた。店仕舞いした表店の脇にでも、身を隠していたようだ。

……出たな、化け物！

茂蔵は、一目で巌円だと分かった。

巌円は摺り足で一気に迫ってきた。巨漢にしては動きが敏捷である。頰っかむりした手ぬぐいの間から両眼が炯々《けいけい》とひかり、分厚い唇の間から牙のような歯が覗いていた。まさに、巨熊を思わせるような風貌である。

茂蔵は腰を沈め、両腕を前に出して身構えた。相手の金剛杖をかわして、ふところに飛び込み、袖か襟をつかんで投げるつもりだった。

一瞬、巌円の顔に驚きの色が浮いた。茂蔵が恐れる様子もなく、素手のまま身構えているのを見たからであろう。

ウオオオッ！

突如、巌円が手にした金剛杖を脇に構え、獣の咆哮のような声を上げて突進してきた。凄まじい迫力である。

茂蔵はわずかに後じさった。さすがに、茂蔵も巌円の迫力に気圧《けお》されたのである。

巌円は突進しざま、金剛杖をふるった。唸りを上げて、杖が襲う。茂蔵の足を払うような一撃である。

間一髪、茂蔵は身をひいて杖をかわし、一瞬の隙をついて大きく前に跳んだ。巌円のふところに飛び込もうとしたのだ。

だが、巌円は杖を振り上げざま袈裟に打ち込んできた。巨漢とは思えない俊敏な反応である。

かわす間がなかった。茂蔵は左腕に衝撃を感じた。巌円の杖をあびたのである。だが、腕は動いた。茂蔵はかまわず巌円のふところに飛び込んで、袖口と襟をつかんだ。

ヤアッ！

茂蔵は鋭い気合を発し、巌円の巨体を腰に乗せて投げ飛ばした。

巌円の巨体が空に浮いた次の瞬間、巌円の体が地響きをたてて地面に落ちた。

「もらった！」

茂蔵は仰向けに倒れた巌円に飛び付いた。襟をつかんで絞め上げようとしたのである。茂蔵は相手が巌円のような巨漢であっても、絞め殺せるだけの万力《まんりき》のような腕力を持っていた。

が、その茂蔵が巌円に撥ね飛ばされた。巌円が上半身を起こしざま、太い両腕で茂蔵の胸倉を突き飛ばしたのだ。

しかも、次の動きが迅かった。飛び上がるような勢いで立ち上がると、地面に落ちていた金剛杖を拾い上げ、茂蔵の両足を薙ぎ払うように振りまわした。

咄嗟に、茂蔵は背後に跳んで杖の攻撃をかわしたが、後がなくなっていた。踵《かかと》が川岸に迫っている。

「ば、化け物が！」

茂蔵は、顔をゆがめた。

そのときになって、茂蔵は左手に激痛を感じた。巌円の杖で打たれた箇所である。茂蔵が巌円のふところに飛び込んだため、それほど強い打撃にはならなかったが、二の腕に焼けるような痛みがあった。ただ、左腕は自在に動くので、骨が砕かれたことはないようだ。

「次は、足を砕いてやるわ」

巌円は牙のような歯を剝き、杖を脇に構えて迫ってきた。

茂蔵は両手を前に突き出すようにして身構えた。巌円は強敵だった。まさに巨獣のような男である。しかも、動きは敏捷で、くりだす金剛杖は刀槍《とうそう》以上の威力がある。

巌円は金剛杖をふるえる間に迫るや否や、茂蔵の足を狙って打ち込んできた。咄嗟に、茂蔵は後ろへ身を引いて杖の攻撃をかわしたが、それ以上下がれない川岸まで追いつめられていた。

「喰らえ！」

叫びざま、巌円が金剛杖を大きく横に払った。

咄嗟に、茂蔵は反転しざま川面にむかって跳躍した。ここは、逃げるしかないと思ったのだ。

次の瞬間、茂蔵の体が川面に落下し、水音とともに水飛沫《みずしぶき》を上げた。そこは、腰ほどの水深だった。茂蔵は水を掻き分けながら、川のなかほどの深みへむかった。水中に身を隠して逃れようとしたのだ。幸い、濃い夕闇が川面をおおっている。

「逃がすな！　舟だ」

勘兵衛が岸辺で叫んだ。

第五章　拷問

1

茂蔵には亀田屋の他に別の隠れ家があった。日本橋堺町にある仕舞屋である。そこは、茂蔵と懇意にしていた商家の旦那の妾宅だったが、いまは空き家になっていた。茂蔵はこの家を安く買い取り、いざというときのための第二の隠れ家にしていたのである。

日本橋川に身を投じて、何とか巌円たちの手から逃れた茂蔵は、町筋が夜陰につつまれるのを待って、この仕舞屋に逃れてきた。

そして、茂蔵が仕舞屋に身を隠した二日後、ひょこりと万吉が姿を見せた。万吉は茂蔵が断りもなしに亀田屋に帰らなかったため、もしや、堺町の隠れ家に身を隠しているのではないかと思い、姿を見せたらしい。

「熊のような男に襲われてな。危なく命を落とすところだったよ」

茂蔵は苦笑いを浮かべて言った。

「旦那さま、番頭さんや音松さんたちが、心配してやすが」

音松は亀田屋の手代である。

「万吉、栄造にな。おれが、女のところにいるらしいと耳打ちしておけ」

茂蔵は献上品や贈答品の買い付けと称して、店をあけることもあったが、二日、三日となると、番頭の栄造も音松も不審をいだくだろう。

栄造や音松は、茂蔵がひそかに妾《めかけ》を囲っていると思い込んでいて、何日か茂蔵が店をあけると、勝手に妾宅ではないかと勘ぐってくれるのだ。

「承知しやした」

万吉は、ニヤリとした。

「ところで、宮下どのはどうだ。離れにもどっているかな」

茂蔵は、宮下のことを案じていたのだ。茂蔵には、巌円たちが亀田屋から尾行したのではないかとの思いがあり、店にもどらなかったのだが、そうなると心配なのは宮下だった。宮下も茂蔵と同じように尾行され、柳沢を討つどころか返り討ちに遭いかねない。

「このところ、早朝に離れを出て暗くなってから帰られるようですよ」

万吉が言った。

「そうか」

宮下は、まだ襲われていないようだが、巌円たちは宮下を泳がせ、茂蔵の潜伏先や左近の隠れ家をつきとめようとしているのかもしれない。

……いずれにしろ、宮下を離れに住まわせておくのはあぶないな。

茂蔵は、宮下を敵の目から隠そうと思った。

「万吉、頼みがある」

茂蔵が小声で言った。

「なんです」

「暗くなったらな、ひそかに宮下どのをここに連れてきて欲しいのだ」

ここを隠れ家にすれば、敵の目から逃れられるだろう、と茂蔵は思った。ただ、宮下が尾けられ、この隠れ家が巌円たちに知れたら元も子もないが、万吉に頼めば、うまくここまで宮下を連れてきてくれるはずだ。

「承知しやした」

万吉が目をひからせて言った。

その日、茂蔵は暮れ六ツ（午後六時）を過ぎ、町筋が暮色につつまれてから堺町の仕舞屋を出た。小網町の長屋にいる左近に会うためである。

左近は長屋にいた。茂蔵は近くのそば屋に左近を誘った。酒でも飲みながら話そうと思ったのである。

そば屋の土間の先の板敷きの間に腰を落ちつけると、小女《こおんな》に酒と肴を頼んだ。いっときして、酒肴が運ばれ、ふたりで一杯酌み交わした後、

「左近さま、わたしも襲われましたよ」

茂蔵が切り出し、日本橋川沿いの通りで襲われたときの様子を話した。茂蔵の物言いは丁寧だった。幕臣だったころ、左近の方が身分が高かったからである。

「その熊のような男が、巌円か」

そう言って、左近は猪口の酒を飲み干した。

「そのようです。他に、三人ほどいたようです」

材木の陰からあらわれた大柄な男、それに猪牙舟に仲間らしい若い男がふたり乗っていたのも、茂蔵は目にしていた。

「何人もの男が動いているようだが、狙いはわれら影目付の命か」

左近が低い声で言った。

「そうとしか思えません。われら、ひとりひとりを付け狙って、皆殺しにするつもりではないかと見ております」

「となると、陰で糸を引いているのは、水野の懐刀の板倉あたりだろうな」

影目付の命を狙うとなると、信明と敵対している水野だが、若年寄の水野が自らの手を汚

すはずはなかった。そうなると、板倉ぐらいしか考えられなかったのだ。

「そうなりましょうな。……ですが、板倉が直に指図しているとは思えません。巌円や柳沢などを束ねておる者がいるはずです。そいつが、何者なのか、見えてきません」

「うむ……」

左近は虚空を睨むように見すえている。

「いずれにしろ、敵に襲われるのを待っていたら、殲滅《せんめつ》されるのはわれら影目付でございましょう」

茂蔵の顔はけわしかった。物言いはやわらかかったが、岩井の片腕として影目付を束ねている男らしい凄みがあった。

「それで、何か手はあるか」

左近が訊いた。

「ひとつだけ駒があります」

「何だ」

「唐八です。やつが、敵のひとりであることはまちがいないし、塒もつかんでいます」

喜十と弥之助が、唐八を泳がせて一味を割り出そうとしていたが、まだ仲間と接触した様子はなかった。ただ、回向院のそばの賭場で唐八と知り合った梅六《うめろく》という男から話を聞き、唐八が三年ほど前まで、日本橋界隈《かいわい》の料理屋で包丁人見習いをしていたことが分かった。弥之助によると、唐八は料理人見習いをしていたころ世話になった男をいまでも兄貴と呼んでいるそうである。その兄貴が、一味の頭格かもしれない。

「唐八を捕らえて、拷問《せめ》にかけるか」

左近が声を低くして言った。

「手をこまねいて、敵に襲われるのを待つより、先手を打った方がいいでしょう」

茂蔵は、唐八が吐かなかったとしても、柳沢や巌円を探し出す手はあると思っていた。回向院のそばの賭場を見張り、巌円があらわれるのを待ってもいいし、いざとなれば茂蔵は自分が囮になってもいいと思っていた。茂蔵が亀田屋にもどり、夕暮れ時を待って江戸市中を歩けば、巌円や柳沢が命を狙って襲ってくるはずである。

「だが、頭の許しを得てからだな」

左近が言った。

「むろんです」

茂蔵は、岩井に唐八を捕らえて拷問することを話してから実行に移すつもりでいた。

「それで、いつやる」

「明日にでも、弥之助と連絡を取りましょう」

茂蔵は唐八の動きを見て仕掛けたい、と言い添えた。

「そのときは、おれも手を貸そう」

左近はそう言って、猪口に手を伸ばした。

2

「あの先の長屋が、唐八の塒でさァ」

喜十が路地木戸を指差した。小体な足袋屋と舂米屋の間に長屋へつづく路地がある。

この日、茂蔵は唐八を捕らえるために石原町まで来ていた。岩井に、唐八を捕らえて拷問することを伝え、許しを得ていたのである。

同行したのは、喜十と弥之助だった。左近は来ていなかった。唐八ひとりを捕らえるのに、三人いれば十分だったのだ。

茂蔵たち三人は猪牙舟で大川をさかのぼり、石原町にある桟橋に舟をつないで、ここまで来た。舟で来たのは、捕らえた唐八を亀田屋まで運ぶ必要があったからである。

「唐八は長屋にいるかな」

茂蔵が訊いた。

「あっしが、見てきやしょう」

喜十がそう言い残して、路地木戸をくぐった。

いっとき待つと、喜十がもどってきた。

「いやすぜ」

喜十が目をひからせて言った。

「ひとりか」

「へい、酒を飲んでまさァ」

喜十は、唐八の家の腰高障子の破れ目からなかを覗いて見た。すると、座敷の暗がりに胡座をかき、膝先に貧乏徳利を立てて、湯飲みで酒を飲んでいる唐八の姿が見えたのだ。

「わしらには、都合がいいな」

茂蔵が弥之助と喜十に目をやりながら言った。

「ですが、まだ、長屋の者に気付かれずに唐八を連れ出すのはむずかしいですぜ」

弥之助が言った。弥之助は、黒の半纏に黒股引という大工か船頭を思わせるような格好で来ていた。そのせいか、茂蔵に対してもふだんと変わらない町人言葉を遣った。

「暗くなってからがいいな」

茂蔵は、そう言って上空を見上げた。

すでに、暮れ六ツ（午後六時）は過ぎていたが、上空にはまだ昼間の青さが残っていた。軒下や樹陰などは淡い夕闇につつまれていたが、まだ、町筋にはぽつぽつと人影が見える。長屋の住人のなかには、家の外へ出ている者もいるはずである。

茂蔵たちは路傍の樹陰に身を隠して、辺りが夜陰につつまれるまで待つことにした。

それから、半刻（一時間）ほどすると、町筋は夜陰につつまれ、上空では星がまたたくようになった。通り沿いの表店も夜陰にとざされ、洩れてくる灯《ひ》もなくひっそりとしている。

「行くぞ」

茂蔵が小声で言った。

三人は顔を見られないよう、ふところから手ぬぐいを取り出して頬っかむりした。

「こっちでさァ」

喜十が先に立って路地木戸をくぐった。

長屋は夜の帳《とばり》に黒く沈んでいた。まだ、行灯を点《とも》している家もあるらしく、戸口の腰高障子から淡い灯が洩れ、どこからかくぐもったような声が聞こえてきたが、長屋の外に人影はなかった。

茂蔵たち三人は足音を忍ばせ、唐八の住む家へ近付いた。

「あそこ、三つ目の家の破れた障子から明りが洩れていやしょう。あそこが唐八の塒でさア」

喜十が指差して言った。

どうやら、唐八はまだ起きているらしい。おそらく、独りで酒を飲んでいるのであろう。

「おれと喜十で踏み込む。弥之助は、長屋の連中に目を配っていてくれ」

弥之助は夜目が利く。それに、弥之助は暗闇のなかでも敏捷に動ける。長屋のだれかが物音でも聞きつけて近寄ってきたとき、弥之助なら闇にまぎれて近寄り、口をふさぐこともできるだろう。

「承知」

弥之助は戸口の障子に背をむけて、棟つづきの家に目をくばった。

喜十が障子をあけると同時に、茂蔵が土間に踏み込んだ。

座敷の隅に行灯が点り、その明りのなかに胡座をかいて酒を飲んでいる男の姿があった。男の顔と小袖の弁慶格子が、淡いひかりのなかに浮き上がったようにくっきりと見えた。

行灯の灯を映したおでこがひかり、落ちくぼんだ目が濃い闇を刻んでいる。まちがいなく唐八だった。

一瞬、唐八はギョッとしたように身を硬直させ、息を呑んだ。突然、戸口に侵入してきた茂蔵を見て動転したようである。茂蔵は黒っぽい装束を身にまとっていたので、唐八の目には黒い人影しか見えなかったのだろう。

「だ、だれだ！」

唐八は、腰を浮かせながら声を上げた。

茂蔵は無言だった。土間へ入るや否や、座敷に飛び上がった。このとき、喜十も土間へ入り、すばやく唐八の背後へまわり込んだ。

唐八が立ち上がり、逃げようとして踏み出すのと、茂蔵が唐八に飛び付きその両肩を押さえるのとが同時だった。

「は、離せ！」

唐八は両肩を振って、茂蔵の手から逃れようとした。

「逃がさぬ」

茂蔵は万力のような強力《ごうりき》で両肩を摑《つか》み、唐八を後ろへ引き倒した。

唐八は尻餅をつき、茂蔵に後ろから両腕で抱きしめられた。唐八の上半身が反り返り、骨の軋《きし》むような音がした。茂蔵の怪力で、唐八は太い鉄の輪を嵌《は》められたように身動きできなくなってしまった。

唐八は両足をばたつかせ、喉を突き出すようにして叫ぼうとしたが、喉のかすれたような声が洩れただけである。胸を絞めつけられて声も出ないのだ。

「猿轡《さるぐつわ》をかませろ！」

「へい」

喜十はすばやく茂蔵の肩口から手を伸ばし、唐八に猿轡をかました。

さらに、喜十は用意した細引をふところから取り出し、唐八の両腕を後ろへ取って縛り上げた。

「行くぞ」

茂蔵は唐八の腋《わき》に右腕をまわし、抱え上げるようにして外へ連れ出した。

戸口で、弥之助が辺りを窺《うかが》っていたが、何事もなかったと見え、茂蔵と目を合わせるとちいさくうなずいて見せた。

茂蔵たち三人は唐八を取り囲むようにして長屋を出た。三人はときどき、しっかりしねえか、飲み過ぎだぞ、すっかり酔っちまって、などと声をかけた。茂蔵たちの姿を目にする者がいても、酔いどれを連れて帰るように見せたのである。

そして、大川の桟橋に舫っておいた猪牙舟に唐八を乗せると、夜陰につつまれた大川を下り、八丁堀川を溯《さかのぼ》って亀田屋近くで舟から下ろした。

3

亀田屋には、土蔵がふたつあった。ひとつは、買い取った贈答品などを保管する土蔵で、これは茂蔵が亀田屋を買い取ってから新しく建てたものである。もうひとつは、前からあった古い土蔵で、所々庇《ひさし》や漆喰《しっくい》が落ち、屋根瓦なども一部剝げ落ちていた。店の奉公人たちは解体するように進言したが、茂蔵は、なに、古道具や使わない家具などはしまえますよ、壊すのはいつでもできます、そう言って、そのまま保存したのだ。茂蔵は、その古い土蔵を拷問蔵として使おうと考えていたのである。

唐八を捕らえた茂蔵たちは、この拷問蔵に唐八を連れ込んで監禁した。

翌日の夜、拷問蔵に五人の男が集まっていた。茂蔵、弥之助、喜十、左近、それに岩井である。岩井は、弥之助から唐八を捕らえたことを訊くと、わしも行こう、と言って、姿を見せたのだ。

土蔵のなかには裸蠟燭《はだかろうそく》が点っていた。集まった男たちの顔をぼんやりと照らし出している。いずれの顔にも、闇に棲む影目付らしい凄みと不気味さがあった。

茂蔵は唐八を岩井たちの前に引き出すと、土間に座らせた。

「て、てめえか、亡者の頭は」

唐八は岩井の姿を上目遣いに見上げて言った。顔が恐怖にひき攣《つ》っている。さすがに、唐八も生きた心地がしないようだ。

「そうだ。われらは、あの世からさまよい出た亡者だ」

岩井が低い声で言った。

唐八を見つめた目が、蠟燭のひかりを映して熾火《おきび》のようにひかっていた。ふだんの岩井の穏やかそうな顔ではなかった。刹鬼《せっき》を思わせるような凄みと迫力がある。これが、影目付の頭としての顔なのであろう。

「お、おれを、どうする気だ」

唐八が、食ってかかるように顎を突き出して言った。声は震えていたが、まだ歯向かう気持があるようだ。

「唐八、ここがどこか分かるか」

岩井が訊いた。

「知るかい」

「地獄の拷問蔵《せめぐら》だよ。ここで、吐かなかった者はおらぬ」

「…………！」

唐八の顔から血の気が引き、体が小刻みに顫えだした。強い恐怖に襲われたらしい。

「では、訊くぞ。おまえたちは、わしらの命を狙っているようだが、だれに頼まれた」

岩井が刺すような鋭い目差を唐八にむけた。

「知らねえ。嘘じゃァねえぜ。おれたちは、おめえたちに尾けまわされたんで、仕返しをしようと思っただけだからな」

唐八が嘯《うそぶ》くように言った。

「そうか。いま、おれたちと言ったが、仲間はだれなんだ」

「い、言えねえ」

唐八が声をつまらせた。

「巌円と柳沢だな」

「そうだよ。……知ってるんじゃァ、訊くこたァねえだろうが」

唐八が、口元にひき攣ったような笑いを浮かべて言った。唐八は宮下が影目付たちの許にいるらしいことを聞いていたので、影目付たちが、巌円と柳沢のことをつかんでいることは承知していたのだ。

「他にもいるだろう」

岩井が語気を鋭くした。

「いねえよ。仲間は、巌円と柳沢さまだけさ」

唐八がとぼけた。

「唐八、とぼけても駄目だ。他にも、仲間がいることは分かっているのだ」

岩井がそう言うと、脇にいた茂蔵が、

「おれを襲った大柄な男は、だれだ」

と、訊いた。

「し、知らねえ。おれは、その場にいなかったからな」

唐八が首をすくめながら言った。上目遣いに岩井を見た目に、狡猾《こうかつ》そうなひかりが宿っていた。

「痛い目に遭わぬと、しゃべる気になれぬようだ」

そう言って、岩井が茂蔵に目配せした。

茂蔵は岩井にちいさくうなずくと、土蔵の奥へ行き、古い小簞笥《こだんす》から細長い物を取り出した。三寸余の針である。これが、茂蔵たちの使う拷問道具だった。

茂蔵は手にした針を唐八に見せ、

「唐八、これが分かるか。畳針だよ。これを、指の爪の間から刺し込んでいく。これは痛い。これまで、どんな剛の者でも、この痛みに耐えられた者はいない」

茂蔵の恵比寿のようなふくよかな顔が一変していた。薄闇のなかで、ぼってりした肌が赭黒く染まり、細い目が刺すようなひかりを宿している。ぞっとするような不気味さと凄みがあった。

「弥之助、猿轡をかませて、後ろから押さえてくれ」

茂蔵がそう言うと、すぐに弥之助が唐八の後ろへまわり、手ぬぐいで猿轡をかませて両肩を押さえつけた。

「まずは、足からだな」

茂蔵は唐八の片足を左手で押さえつけた。強力である。唐八の足は万力で押さえつけられたように動かなくなった。

唐八の顔から血の気が引いた。恐怖に目を剝き、体を顫わせている。

「さァ、やるぞ。しゃべる気になったら首を縦に振れ」

そう言うと、茂蔵はゆっくりした動作で、針先を唐八の足の親指に近付けた。そうした動きは、唐八の恐怖を煽《あお》るためである。

茂蔵は針先を唐八の親指の爪の間に当て、すこしずつ刺していった。痛みを増すために、わざとゆっくり刺すのである。

唐八は上体を捩《よじ》るように激しく振り、猿轡の間から苦悶《くもん》の絶叫を洩らした。首を振りまわしたため、元結《もとゆい》が切れてざんばら髪になった。凄絶な姿である。

「どうだ、しゃべる気になったか」

茂蔵は針を刺す手をとめて訊いた。

唐八は首を横に振った。目をつり上げ、瘧慄《おこりぶる》いのように身を顫わせている。

「まだか。……次は小指かな。ここも痛いぞ」

茂蔵はそう言って、針先を唐八の小指に近付けた。茂蔵の目が異様にひかり、唇が血をふくんだように赤みを帯びてきた。夜叉を思わせるような残忍で過酷な表情である。茂蔵も苛《か》烈《れつ》な拷問に気が昂《たかぶ》っているのだ。

ふたたび、茂蔵は唐八の小指に針先を当て、すこしずつ刺していく。

唐八は猿轡の間から呻き声を洩らし、激痛に上半身を振りまわした。顔は紙のように蒼ざめ、額に脂汗が浮いている。叫ぼうとして口を無理にひらこうとしたためであろう、口の端が切れて血が滲《にじ》んでいた。

茂蔵が針を刺す手をとめ、

「どうだな、もう一本、試してみるか」

そう声をかけたとき、唐八の両肩ががっくりと落ち、首を二度、縦に振った。さすがに、唐八もあまりの激痛に耐えられず、しゃべる気になったらしい。

「猿轡を取ってやれ」

岩井が言った。

弥之助が猿轡はずすと、唐八はかすれたような呻き声を上げながら、肩で大きく息をした。

4

「さて、もう一度、訊くぞ」

岩井が抑揚のない低い声で言った。

「大柄な町人体の男は、何者だ」

「あ、兄貴だ」

唐八が、声をつまらせて言った。

「名は」

唐八が料理人見習いのころから世話になった男らしい。

「狛犬の勘兵衛……」

「住処《すみか》は」

岩井が訊くと、唐八は喉から出かかった言葉を呑み込み、

「し、知らねえ」

と、岩井から目をそらして言った。

「唐八、まだ、しゃべる気になっておらんな。……茂蔵、もうすこし、痛めつけて欲しいようだ」

そう言って、岩井が茂蔵に視線をむけると、

「ま、待て、しゃべる」

唐八が慌てて言った。

「勘兵衛の住処は」

「笹乃屋だ。……伊勢町にある料理屋だよ」

そう言って、唐八はがっくりと両肩を落とした。口を割ったとなれば、ここから逃げられたとしても、兄貴格の勘兵衛から制裁を受けることになるのだろう。おそらく、勘兵衛は殺しを金ずくで請け負うような闇の世界に棲む男であろう。笹乃屋は隠れ蓑にちがいない。

「他にもふたり、若い町人体の男がいたそうだが、その者たちは」

さらに、岩井が訊いた。

「元助と芝造だ」

唐八は、ふたりが笹乃屋の若い衆と包丁人見習いであることを言い添えた。元助と芝造の

ことは隠す気がないようだ。

「さて、勘兵衛だが、だれに頼まれて、われらの殺しを引き受けたな」

勘兵衛自身が、岩井たち影目付を始末しようと思うはずはなかった。影目付の存在すら知らなかっただろう。何者かに依頼されたか、さらに勘兵衛に指図するような黒幕がいるかである。

岩井は、唐八が兄貴だ、と口にしたことから推して、勘兵衛を指図するような黒幕が存在するような気がした。

「し、知らねえ。おれは兄貴に言われて、動いただけだ。兄貴は、だれかに金をもらって頼まれたらしいが、おれに相手のことを話しちゃァくれなかった。これまでも、そうだ。おれは、兄貴から金をもらって言われたことをやってただけなんだ」

唐八は必死になって言いつのった。矢島や板倉重利のことは、口が裂けても言えなかったのだ。相手が大物過ぎた。特に板倉は、唐八にとって雲の上の人であった。唐八が口にしたことが分かれば、己や仲間の命はもちろんのこと肉親縁者にまで累が及ぶであろう。

「巌円と柳沢の隠れ家はどこだ」

岩井が訊いた。

「し、知らねえ、嘘じゃァねえ。ふたりの塒は、兄貴しか知らねえんだ」

唐八が向きになって言った。

「うむ……」

岩井は唐八が隠しているような気もしたが、これ以上拷問で責める気にはならなかった。唐八を追及する駒もなかったし、勘兵衛とふたりの手下を捕らえて吟味すれば、一味の黒幕はむろんのこと巌円と柳沢の隠れ家も分かると思ったのである。

「唐八をしばらく監禁しておけ」

岩井は茂蔵たちにそう命じた。場合によっては、さらに拷訊《ごうじん》する必要が出てくるかもしれないと思った。

岩井たちは拷問蔵から離れに移った。すでに、子ノ刻（午前零時）を過ぎていた。亀田屋はひっそりと夜の帳に沈んでいる。洩れてくる灯もなかった。奉公人たちは寝静まっているようだ。

座敷に腰を落ち着けると、

「さて、次の手だが、笹乃屋のあるじ、勘兵衛をどうするかだな」

と、岩井が口火を切った。

「唐八のように、ふん縛《じば》っちゃいやしょう」

喜十が勢い込んで言った。

「それも手だが……」

岩井は虚空を睨むように見すえていたが、

「勘兵衛が笹乃屋からいなくなれば、一味はわれらの手に落ちたことを察知し、姿を消すだろうな」

そうなれば、巌円と柳沢だけでなく、勘兵衛たちを指図している黒幕も、さらに幕閣とのかかわりも闇のなかに隠れてしまうだろう。

「しばらく、勘兵衛を泳がせますか」

茂蔵が訊いた。

「それがいいだろう。勘兵衛だけでなく、元助と芝造もな。……ただ、長くは待てぬ。いずれ、唐八がわれらの手に落ちたことは察知するであろうし、一味がどんな悪辣《あくらつ》な手を打ってくるかしれんからな」

岩井が一同に視線をまわして言った。

その夜、茂蔵たちは夜のうちに亀田屋を出た。まだ、茂蔵も亀田屋にもどるわけにはいかなかったのだ。唐八の世話は、万吉がしてくれるだろう。

翌日から、茂蔵たちは伊勢町にむかった。手分けして笹乃屋を見張ると同時に、勘兵衛の身辺を調べ始めたのだ。

勘兵衛と手下の元助、芝造は、用心しているのかあまり店から出なかった。ただ、笹乃屋付近の聞き込みをとおして、勘兵衛の素性はだいぶ知れてきた。勘兵衛は若いころ、博奕打ちで背中に狛犬の入れ墨があることから、狛犬の勘兵衛と呼ばれていたらしい。

どういう経緯が分からないが、笹乃屋のあるじが勘兵衛から借金し、その形《かた》に店を居抜きで取り上げられたようだ。

近所の住人のなかには、笹乃屋のあるじは博奕好きだったので、勘兵衛にそそのかされて賭場に通ううちに借金がかさんだらしい、と口にする者がいた。子細は分からないが、勘兵衛が博奕を通じて笹乃屋を騙し取ったことはまちがいないようだ。

その後、勘兵衛は笹乃屋のあるじに収まっているが、裏では何をしているか分からないという。遊び人や博奕打ちのような男が出入りするし、座敷女中のなかにはあばずれもいるそうだ。

聞き込みにまわった茂蔵に酒屋の親爺《おやじ》が、そのあばずれについて、

「おえいという座敷女中でしてね。これが、手のつけられない悪《わる》で、遊び人やうろんな侍と手を組んで強請りまでするそうですよ」

と、顔をしかめて話した。

茂蔵は、おえいという女も一味ではないかと思った。どうやら、笹乃屋が一味の住処にな

っているようである。

茂蔵は、そろそろ笹乃屋に手を入れてもいいのではないかと思い、これまでつかんだことを岩井に報《し》らせ、今後の指示を仰ごうとした。その矢先、お蘭が隠れ家にしている堺町の仕舞屋にあらわれた。

お蘭は町娘のような身装《みなり》をしていた。何か、茂蔵を通して岩井に伝えたいことがあって来たらしい。

5

「お蘭さん、よくここが分かりましたな」

茂蔵が訊いた。

「亀田屋さんにいく途中、万吉さんに出会ったんですよ」

お蘭は、万吉から茂蔵がここにいることを聞いたという。

「一味に、わたしが亀田屋のあるじだと知れたようなので、ここに身を隠してたんですよ。

……ですが、そろそろ店に帰りませんとね。番頭さんたちが騒ぎ出すと、厄介ですから」

茂蔵が苦笑いを浮かべて言った。

「いろいろ大変ですね」

「それで、お蘭さん、御用は」

茂蔵が声をあらためて訊いた。お蘭が、岩井に報《し》らせたいことがあって茂蔵を訪ねてきたことは分かっていた。茂蔵は、お蘭と岩井のつなぎ役でもあったのだ。

「わたしの知り合いのお駒《こま》さんが、話してたのを耳にしたんですけどね。お座敷で、矢島安之丞さまというお侍が、ご祝儀だと言って、二両もの大金をくれたらしいんです」

お駒というのは、お蘭と同じ柳橋の芸者だという。お蘭によると、矢島は御家人の遊び人で柳橋の若松屋《わかまつや》によく顔を出し、お駒を馴染みにしているそうだ。

「それで、どうしました」

お蘭は、お駒という芸者が二両の金をもらったことで不審を抱いたのではないはずだ。柳橋でいい客筋をつかんでいる芸者なら、馴染みの客から何かの口実で一両二両の金を手にすることはめずらしいことではないだろう。

「その矢島さまが、お駒さんに、おれは幕府のお偉方の金蔓《かねづる》をつかんでいるので、遠慮せずに金を取っておけ、と言ったそうなんです」

「御家人がな」

茂蔵も、妙な話だと思った。

矢島の役職は分からないが、幕府のお偉方が金蔓となると、何か裏のつながりがあると見ていいのかもしれない。

「お駒さんの話だと、その矢島さまが明日の晩も、若松屋さんに来るらしいんです。矢島さまの使いの方から、大事な客を連れて行くので奥の座敷を取っておくようにとの言伝があったそうなんです」

さらに、お蘭が言った。

「矢島という男は、ただの御家人ではないようだな」

茂蔵は、矢島が口にした幕府のお偉方が金蔓という言葉がひっかかった。あるいは、影目付の始末を依頼した者とつながりがあるかもしれない。

「念のため、岩井さまのお耳に入れておいた方がいいかと思いましてね」

お蘭が語尾を濁した。お蘭には、わざわざ知らせるほどのことではないとの思いがあったようだ。

「いや、すぐに、お頭に報らせた方がいい」

茂蔵が言った。

ただ、矢島が若松屋に来るのが明日の晩では、十分な手は打てないだろう。すぐに、弥之助に連絡して岩井に報らせたとしても、顔を合わせて指示を仰ぐ余裕はない。

「お蘭さん、お駒さんは、明日の晩も若松屋に呼ばれるだろうか」

茂蔵が訊いた。

「呼ばれるはずですよ。矢島さまは、お駒さんの情夫《まぶ》らしいから」

お蘭が鸚鵡《おうむ》返《がえ》しに言った。思わず、柳橋の芸者らしい物言いが口から出たようである。

「お蘭さん、後日、お駒さんに会って、矢島が連れてきた大事な客が何者か、聞き出してもらえないかな」

茂蔵の頭に、板倉とかかわりのある者ではないかとの思いがよぎったのである。

「分かったわ。……わたしも、若松屋に呼ばれたら、それとなく探ってみますよ」

お蘭はそう言い残して、仕舞屋を後にした。

茂蔵はすぐに動いた。まず、弥之助と会い、岩井に今夜中に報らせるよう頼んだ後、喜十と左近に連絡し、岩井の指示を待たずに若松屋を見張り、矢島と同道するらしい連れの正体を探り出そうとした。

その夜、若松屋を見張ったのは、弥之助と喜十、それに茂蔵だった。左近は念のために笹乃屋に張り付いたのだ。茂蔵たちには、笹乃屋の勘兵衛が動くかもしれないとの読みもあったのである。

茂蔵たちは四ツ（午後十時）近くまで、物陰に身をひそめて若松屋の店先を見張ったが、無駄骨に終わった。矢島らしい武士の姿を目にすることはできなかったのである。

ただ、この夜、矢島とその客は若松屋に来ていた。ふたりは店の裏手にある桟橋に猪牙舟で乗り付けて裏口から店に入ったため、茂蔵たちの目には触れなかったのだ。ちいさな桟橋で客の送迎に使われることはまれだったので、茂蔵たちもそこまで注意を払わなかったのである。


その二日後、岩井は茂蔵を同行して菊屋に姿をあらわした。その後、何か知れたか、お蘭から話を聞くためである。

ふたりが女将のお静に案内され、いつもの桔梗の間に腰を落ち着けると、すぐにお蘭が姿を見せた。

「あら、今夜は茂蔵さんもごいっしょですか」

お蘭は笑みを浮かべて、ふたりの前に膝を折った。今夜は茂蔵に気を使って、岩井の脇に座るのは遠慮したようである。

岩井と茂蔵が、お蘭の酌で喉をうるおした後、

「どうだな。矢島安之丞という御家人のことで、何か知れたことはあるかな」

岩井が話を切り出した。

「ええ、お駒さんから聞いたんですけど、矢島さまとごいっしょした方の名が分かりましたよ」

お蘭が言った。

「だれだ」

「鎌田錬次郎さまとか」

「鎌田……」

岩井はどこかで聞いた名のような気がしたが、思い出せなかった。茂蔵に目をむけると、首をひねっている。やはり、思い出せないのであろうか。

「幕臣か」

岩井が訊いた。

「さァ、名前しか分かりませんけど……」

お蘭は、鎌田が丁寧な物言いをしていたことを言い添えた。

「うむ……。それほど身分のある者ではないようだが、あるいは、旗本に仕える用人であろうか」

岩井がそうつぶやいたとき、ふいに脳裏にひらめいた。

……板倉の用人だ!

と、気付いたのである。

一瞬、岩井の顔がけわしくなり、双眸が鋭いひかりを放った。板倉の用人が御家人の矢島と料理屋で密会していたのだ。しかも、矢島は金蔓をつかんでいると口にしている。

……板倉の用人の鎌田が、影目付の始末を矢島に頼んだようだ。

そう思ったとき、岩井の脳裏に板倉とのつながりと一味の全貌が垣間見えた。

岩井の脳裏に浮かんだのは、板倉、用人の鎌田、矢島、そして殺しの実行役の勘兵衛、柳沢、巌円たちのかかわりである。おそらく、鎌田を介して板倉の依頼を受けた矢島が、陰で勘兵衛たちを動かしているのであろう。推測が多かったが、岩井はまちがいないだろうと思った。

岩井が板倉から柳沢や巌円たちまでのつながりを話すと、

「お頭、一味の頭は矢島安之丞にまちがいありませんよ」

と、茂蔵が目をひからせて言った。

「矢島だが、どんな男であろうな」

御家人らしいが、岩井は矢島の名を聞いた覚えがなかった。幕政にかかわりのあるような男ではないらしいが、どうして板倉とつながったのであろうか。

「お頭、御徒目付の永井峰之助さまが斬殺されましたが、その件にも勘兵衛たちがかかわっているはずです」

茂蔵が、永井を斬ったのが柳沢で、小者の太助を撲殺したのが巌円であることを言い添えた。

「そうか。となると、殺された永井は、矢島を探っていたのかもしれんな」

御徒目付は、主に御家人を監察糾弾する役職である、永井が矢島の悪事を知り、探索していたことは十分考えられることだった。そして、自分が探られていることに気付いた矢島が、殺し役の柳沢と巌円を使って永井を始末したと考えれば、一連の事件のつながりが納得できる。

「永井が何を探っていたのか、つきとめるのは、わしの仕事だな」

そう言って、岩井は手にした杯をかたむけた。

岩井は元御目付だったので、いまでも御目付や御徒目付の者に知己がいた。それとなく、永井の件を訊けば、様子が知れるだろう。

6

その日、岩井は松平信明の屋敷にむかっていた。三日前、岩井は信明の用人である西田と会い、信明と謁見できるよう手筈《てはず》をととのえてもらったのである。

岩井はお蘭たちと会った後、増野邦次郎《ますのくにじろう》という御目付に会っていた。岩井は御目付だったころ、まだ若かった増野の面倒をみてやったことがあった。そのため、増野はいまでも岩井のことを粗略に扱うようなことはなかったのだ。

岩井は茶飲み話でもする調子で、それとなく永井の件を話題にした。増野も、配下の御徒目付が殺された件には強い関心があり、すぐに岩井の話に乗ってきた。そして、知っていることはあらかた口にしたのである。ただ、永井は増野の直属の配下ではなかったので、子細は知らないようだった。

その話のなかで、増野は永井が御家人の矢島の身辺を探っていたらしいことを口にした。

「矢島という御家人だが、何者であろうな」

岩井が、さらに水をむけた。

「矢島は御家人というより無頼漢のようですよ」

増野は、噂ですが、と前置きして、矢島は小普請で暇があることから遊蕩に明け暮れ、金を得るために町人と組んで悪事に手を染めているらしいと話した。ただ、増野も矢島がどんな悪事に手を出しているのか、具体的なことは知らないようだった。

「その矢島の身辺を探っていた永井が、何者かに斬殺されたわけだな」

となると、矢島が探索を恐れて永井を消したと考えるのが妥当である。

「殺された夜も、永井は矢島のことを探るために出かけたようですよ」

増野によると、矢島が町人と本湊町の料理屋で飲んだらしいと聞き込んで出向いたらしいという。

「となると、永井は矢島の手にかかったとも考えられるな」

岩井がそう言うと、

「それが、永井の探索は打ち切られましてね」

「それは、またどうして」

「永井は辻斬りに殺されたという者がおりましてね。下手人が辻斬りなら、町方の仕事ですから」

増野は他人事《ひとごと》のような物言いをした。自分の配下がかかわった件ではないからだろう。それに、探索を打ち切ったことで、目付筋の関心も薄れてきたのかもしれない。

「だれが、辻斬りに殺されたと言いだしたのだ」

さらに、岩井が訊いた。

「わたしには、分かりません。上から、町方にまかせよとの指示があったという者もいますが、どうでしょうか。……下手人が幕臣でないことは確かなようだし、徒目付たちは内心、永井の二の舞いになるのを恐れているのかもしれません」

「そうか」

岩井はそれで話を打ち切ったが、おそらく、幕閣から永井の件は町方にまかせるよう圧力がくわえられたのだろうと思った。

となると、圧力をくわえた幕閣は、だれかということになる。そこで、浮かんでくるのは板倉である。あるいは、板倉を片腕のように使っている水野忠成が画策したのかもしれない。

増野から話を聞いた翌日、岩井は西田に会って信明との謁見を頼んだのだ。それというのも、矢島を頭格とする一味と板倉とのつながりがはっきりしてきたからである。

岩井が松平家上屋敷に着くと、西田がいつもの書院に通してくれた。西田によると、すでに信明は下城しているという。

岩井が書院に端座していっとき待つと、信明が姿を見せた。小紋の小袖の上に路考茶《ろこうちゃ》の渋い袖無しを羽織っていた。

信明は対座すると、岩井の時宜の挨拶を制し、

「何か、知れたかな」

と、すぐに訊いた。

「徒目付の永井、ならびに伊豆守さまの御家臣が斬殺された件の下手人が知れましてござい

ます」

岩井は丁重に言った。

「何者だ」

信明が膝を乗り出した。

「矢島安之丞ともうす御家人にございます」

岩井は、矢島が腕の立つ牢人や強力の杖遣いなど数人を仲間に引き入れ、己の悪行を探索していた永井を暗殺したらしいことを話した。

「矢島な」

信明は首をひねった。聞いた覚えのない名だったのだろう。無理もない。幕閣の中枢にいる信明の耳にまでは、よほどのことがなければ小普請の御家人のことなどとどかないだろう。

「それにしても、矢島なる者は、なにゆえわしの家臣を襲ったのだ」

信明は得心できないような顔をした。

「われら影目付をおびき出し、殲滅するためと存じます」

「狙いは、そちたち影目付か」

信明の双眸に強いひかりが宿った。胸の内に、矢島の背後にいる人物が浮かんだのかもしれない。

「板倉重利さまの用人、鎌田錬次郎なる者が、矢島と密会している事実をつかんでおります」

岩井は、それだけ言えば勘のいい信明はすべてを察知するだろうと思った。

「やはり、板倉が陰で動いておったか」

「いかさま」

「出羽と板倉は、よほど影目付が怖いと見えるな」

信明が低い声で言った。

出羽とは、水野出羽守忠成のことである。幕閣で信明と対立している忠成は、闇で動く影目付の存在に恐怖の念をいだいており、これまでも何とか影目付を殲滅せんと様々な手を打ってきたのだ。

「伊豆守さま、いかがいたしましょうか」

岩井が訊いた。

「影目付の任は、江戸の闇に棲む悪人どもをひそかに始末することにある。幕臣であろうと他家の用人であろうと、遠慮はいらぬ」

信明は、矢島とその一味、さらに鎌田を闇に葬れと命じたのである。

「心得ました」

岩井が低頭してその場を去ろうとすると、

「待て」

と、岩井が声をかけた。

「軍資金が足りぬだろう。西田に命じてあるゆえ、待ち帰るがよい」

そう言ったとき、信明の口元に岩井をねぎらうような微笑が浮いた。

7

「いるか」

腰高障子の向こうで巌円の野太い声がした。

「入るがいい」

柳沢が応えると、すぐに障子があいて巌円がのそりと入ってきた。戸口が塞《ふさ》がれたと思えるほどの巨体である。巌円が手に提げている貧乏徳利が、やけにちいさく見えた。

「久し振りで、おまえと一杯やろうと思ってな」

そう言うと、巌円は勝手に流し場から丼と湯飲みを手にしてきて、柳沢の前にどしりと腰を落とした。

「酒か。ありがたい」

柳沢は横になって午睡していたのだが、身を起こして湯飲みを手にした。すこし喉が渇いていたので、酒は願ってもない馳走《ちそう》である。

「唐八が、いなくなったようだな」

巌円が柳沢の湯飲みに酒をつぎながら言った。

「そのようだ」

柳沢も、そのことは勘兵衛から聞いていた。

「亡者につかまったのではないのか」

「おそらく、そうだろう」

柳沢は唐八が拷問にかけられたのではないかとみていた。とすれば、影目付たちは、矢島や柳沢たちのことをつかんでいるだろう。

「亀田屋のあるじも姿を消したままだし、いっこうに亡者どもは姿を見せんではないか。これでは、始末はできんぞ」

そう言って、巌円は手酌でついだ丼の酒をかたむけた。巨漢だけに、飲みっぷりも豪快である。

「亡者どもが、おれたちの動きに気付いたということだろうな」

ただ、柳沢は、影目付たちも自分や巌円の住処まではつかんでいないのではないかとみていた。それというのも、長屋が見張られているような気配はなかったし、尾行されている様子もなかったからだ。

「旗色が悪いな」

巌円が渋い顔をした。

「悪い……」

柳沢は湯飲みの酒を一気に飲み干した。うまかった。酒は乾いた大地を蘇《よみがえ》らせる恵みの雨のように臓腑に染みていく。

「亡者どもは、腕が立つ。それに、何人いるのか。それすら、つかんでいないのだぞ」

巌円の声に苛立《いらだ》ったようなひびきがくわわった。

「街道筋で、博奕打ちや旅の武士を相手にするのとはわけがちがうようだ」

これまで柳沢が接した影目付は、剣の手練、柔術遣い、忍者のような鉄礫を遣う身軽な男など得体の知れない者たちだった。しかも、それぞれ腕が立つ。想像を越えた強敵であった。

「殺し料は悪くないが、下手をするとこっちが亡者になりそうだ」

「うむ……」

「柳沢、どうする、江戸を出るか」

巌円がギョロリとした目をむけて訊いた。

「どうしたものかな」

柳沢は貧乏徳利の酒を湯飲みにつぎながら言った。江戸を出れば、影目付たちと戦う危険を冒さずに済むだろう。

「おれたちは、矢島や勘兵衛に恩も義理もない。また街道筋にもどって、旅をつづけることもできるのだ」

「だが、面倒だな」

柳沢は街道を流れ歩く旅の暮らしに飽きていた。街道筋でその日の宿を探したり、路銀を得るために人を斬ったりするのも面倒だった。それに、柳沢は長い命ではないような気がしていた。いまは咳も収まっているが、労咳は確実に自分の体を蝕《むしば》んでいるのである。

「それに、おぬしを付け狙っている宮下も江戸におるし、亡者たちが宮下に助太刀するかもしれんぞ」

「宮下とは、いずれ決着をつけるつもりだ」

柳沢は、宮下から逃げようとは思わなかった。むしろ、宮下をこのままにしておくのは煩わしい気さえした。宮下に後れを取るとは思わなかったし、挑んでくるならいつでも相手になるつもりだった。

それに、柳沢の胸には、日本橋川沿いの通りで立ち合った牢人と勝負を決したいという気持もあった。

……あの男、おれと似ている。

と、柳沢は感じていた。

虚無と無情の翳《かげ》を宿して生きている、まさに亡者のような男であった。おそらく、自分と同じように妻子や親兄弟を失い、生ける屍《しかばね》のような身なのであろう。

……ただ、あの男には剣がある。

それがあの男の生きる支えになっているのだろうと、柳沢は推察した。そして、自分もまた剣に支えられて生きていると思った。

その男と剣をまじえて勝負を決することなく、自分から江戸を去ることはできぬ、と柳沢は思ったのである。

「この前立ち合った牢人と、勝負したい気もある」

柳沢が小声で言った。

「おまえは、江戸にとどまるつもりか」

巌円が、さらに訊いた。

「いま、江戸を離れるつもりはない。おぬし、江戸を離れたいなら、ひとりで去るがいい。

おれは、とめんぞ」

柳沢はそう言って、ゆっくりと湯飲みの酒をかたむけた。

「おまえが、ここに残るなら、おれも江戸を離れぬわい」

巌円は丼の酒を一気に飲み干し、ふうと息を吐き出すと、

「おれも、あの茂蔵という男と決着をつけたいからな。あやつ、柔術の遣い手らしく、おれを投げ飛ばしおった」

そう言って、双眸をひからせた。

柳沢が剣鬼なら、巌円は荒野をさまよう猛獣かもしれない。巌円にも挑まれた獣に牙を剝く猛獣の本能があるのだろう。

「飲め」

柳沢は空になった巌円の丼に酒をついでやった。

第六章　仇討ち

1

茂蔵が亀田屋の暖簾をくぐると、帳場にいた番頭の栄造が慌てて腰を上げ、小走りに近寄ってきた。その顔が奇妙にゆがんでいる。安堵と不満がごっちゃになったような表情である。

「旦那さま、店のことをお忘れになったのではないかと思いましたよ」

栄造の声には皮肉るようなひびきがあった。無理もない。茂蔵は妾宅にいることを匂わせて突然いなくなり、半月以上も店をあけたのである。

茂蔵が亀田屋にもどったのは、岩井からちかいうちに、笹乃屋と矢島の屋敷に踏み込むよう指示を受けたからである。ここまで来れば、勘兵衛たちの目を恐れる必要はないのだ。

「わたしは、店をあけても何の心配もないのですよ。番頭さんがおりますから」

茂蔵は、恵比寿のような顔に笑みを浮かべて言った。

「ですが、あまり長く店をあけますと、商いにも支障が出てまいります。それに、旦那さまのご判断をいただかなければならないこともございますし……」

栄造は渋い顔をしていた。

「この店には、しっかりした番頭さんがおります。わたしが、好きなことで店をあけられるのも、みんな番頭さんのお蔭《かげ》なのです」

茂蔵がそう言って、栄造の肩先をたたくと、栄造の渋い顔がやわらかくなり、

「亀田屋の商いは、うまくいっております」

と、愁眉《しゅうび》をひらいて言った。

「わたしも、番頭さんをはじめ、店の者に余分の手当てを出さねばと思っているくらいなんです」

さらに、茂蔵が番頭を喜ばせるようなことを口にすると、

「旦那さま、どうか、ご心配なく。旦那さまが留守にされても、商いが細るようなことはございませんから」

そう言って、栄造は胸を張った。

「そうですか、そうですか」

茂蔵は、満足そうな顔をして土間から座敷へ上がった。

うまく丸め込めたようである。これで、栄造も茂蔵が店をあけたことでうるさいことは言わないだろう。

その夜、亀田屋の離れに五人の男が集まった。茂蔵、左近、弥之助、喜十、それに岩井である。宮下も離れに連れてきていたが、別の部屋で休ませておいた。宮下は、茂蔵たちが幕府の隠密のような立場で暗躍していることは察しているようだが、影目付と呼ばれ、松平伊豆守信明の命を受けて動いていることまでは知らなかった。

「頭、お指図を」

茂蔵が小声で言った。

「二手に分かれ、笹乃屋と矢島家を襲い、勘兵衛と矢島、それに配下の者を一気に始末したい」

岩井が一同に視線をまわしながら言った。

「それで、いつやりやす」

喜十が訊いた。

「ちかいうちに、やりたいが、柳沢と巌円の所在が知れてからだな」

まだ、影目付は柳沢と巌円の塒をつかんでいなかった。所在の分かっている勘兵衛と矢島を始末しても、柳沢と巌円に逃走される恐れがあったのだ。

「矢島の屋敷を見張りますか」

弥之助が訊いた。

「そうしてくれ、柳沢と巌円が、矢島屋敷に姿を見せたとき襲えば一気に片がつく」

岩井は信明と密談した後、弥之助と喜十に命じて矢島家の周辺の聞き込みをさせ、矢島の素行や屋敷内の様子などを探ったのだ。その結果、矢島は遊蕩に明け暮れ、賭場などにも顔を出す御家人とは名ばかりの無頼漢であることが知れた。しかも、屋敷は悪党たちの巣のようになり、遊び人や無頼牢人などが入り浸っていることも分かった。

「お頭、唐八やおえいなども屋敷に出入りしていたようです」

弥之助が言い添えた。

このことを茂蔵に伝え、拷問蔵に監禁している唐八を再度拷訊すると、矢島が一味の頭格で、屋敷には勘兵衛、柳沢、巌円もときおり顔を出すことを白状したのである。

「それにしても、すこし人数が足りないような気がしますが」

茂蔵が顔をけわしくして言った。

柳沢と巌円が矢島屋敷に姿を見せたとき襲撃するとなると、屋敷内には柳沢、巌円、矢島の三人がいることになる。柳沢と巌円は手練なので、腕の立つ者が最低三人は必要になるはずだ。同時に、勘兵衛、元助、芝造のいる笹乃屋を襲うなら、そちらにも三人は出向かねばならないだろう。

茂蔵がそのことを話すと、

「ひとり足りないな」

と、岩井が思案顔で言った。

「時間を置いたら、どうでしょうか」

茂蔵は、先に矢島屋敷を襲い、その後、笹乃屋に向かったらどうかと言った。

「本所横網町から日本橋伊勢町まで、かなりあるぞ」

「猪牙舟を使います」

茂蔵によると、横網町ちかくの大川の桟橋に猪牙舟をつないでおき、矢島屋敷を襲撃した後、大川から日本橋川をたどって伊勢町まで来れば、わずかな時間しかかからないという。

「その手がよいな」

岩井はすぐに同意したが、その夜、弥之助だけは矢島屋敷に行かず、笹乃屋を見張るよう指示した。笹乃屋にいる勘兵衛たちの動きを把握するためである。結局、矢島屋敷には、岩井、茂蔵、左近、喜十の四人が行くことになった。

「お頭、宮下俊之助はどうします」

そのとき、黙って聞いていた左近が口をはさんだ。左近は、宮下に兄の敵を討たせてやりたいと思っていたのである。

「宮下だが、腕は立つのか」

岩井が訊いた。

「なかなかの手練にございます」

「離れにおるのか」

岩井は茂蔵に顔をむけた。

「はい、ここに同席させるわけにはまいりませんので、奥の座敷で話の終わるまで待たせてあります」

「すこし、話してみるか」

岩井はそう言うと、腰を上げ、茂蔵だけを連れて奥へむかった。

そこは寝間に使っている狭い座敷だった。座敷の隅に行灯が点り、その明りのなかに端座している宮下の姿が浮かび上がっていた。

頬の肉が削《そ》げ、陽に灼けた浅黒い肌をしていた。薄闇のなかで、双眸が餓狼《がろう》のような異様なひかりを放っている。その形相を見れば、仇討ちの旅がいかに過酷であったか、垣間見ることができる。

「宮下俊之助か」

岩井が対座すると静かな声で訊いた。

「はい、牢人、宮下俊之助にございます。あなたさまは？」

宮下は岩井の影目付の頭目としての貫禄を感じ取ったのか、丁寧な物言いで訊いた。

「わしの名は岩井勘四郎、表向きは旗本だが、一度死んだ身でな。亡者だよ。ここにおる茂蔵も左近も、みな同じ身だ」

「亡者！」

宮下は驚愕に目を剝いた。

「江戸の闇に棲む鬼どもを成敗するのが、われらの任だ」

「隠密でございましょうか」

宮下が訊いた。

「われらは影目付と呼ばれている」

「影目付……」

「まァ、隠密と思ってもらっていいだろう。……ところで、そこもとは兄の敵である柳沢を追って国許から旅してきたそうだな」

「はい」

「それで、柳沢を討った後、国許に帰るのかな」

岩井は、宮下が江戸にとどまるなら影目付にくわえてもよいと思っていた。

「いえ、帰るつもりはございません」

宮下は、自分は冷やめし食いであり、敵討ちを終えた後で、兄の嫡男が宮下家を継ぐことになるだろうと話した。

「それがしが国を出たとき、甥《おい》はまだ六歳でとても敵討ちは無理でした。ですが、いまは十一歳になり、風の便りで元服したと聞いております。その嫡男に家を継がせるためにも、国許には帰らぬつもりでおります。……本懐を遂げて国許に帰れば、それがしと嫡男との間で、どちらが家を継ぐか揉めるかもしれませぬ。そうならぬよう、江戸の藩邸に敵を討ったことを伝え、その後は姿を消すつもりでおります」

宮下は淡々と話したが、その声には決意のこもったひびきがあった。おそらく、旅の途中で、そうしようと腹を決めていたのであろう。

「されば、江戸で暮らさぬか。むろん、敵討ちを終えてからの話だが」

「江戸で」

「そうだ。われらと同じ影目付としてな」

「…………！」

宮下は虚空を睨むように見すえていたが、

「それがしには、江戸を離れて行くあてはございませぬ。岩井さまの配下のひとりにくわえていただきとうございます」

宮下は畳に両手をついて低頭した。

「これで、決まったな。そこもとは、今後影目付として生きてもらう」

そう言って、岩井はちいさくうなずいた。

2

亀田屋の離れは、淡い暮色につつまれていた。いつもの居間で、岩井と茂蔵は碁を打っていた。脇から左近が、碁盤を覗き込んでいる。

ここ数日、岩井と左近は、離れに足を運んでいた。碁にかこつけて集まり、矢島屋敷への襲撃の機を待っていたのである。

もうひとり、宮下が奥の座敷に身を隠していた。岩井たちにくわわり、兄の敵を討つつもりだったのだ。

そのとき、戸口の近くで足音がし、引き戸があいた。姿を見せたのは、弥之助である。

弥之助は岩井たちと顔を合わせるなり、

「矢島屋敷に、柳沢と巌円が姿を見せました」

と、小声で言った。弥之助と喜十が、矢島屋敷を見張っていたのである。

「よし、きゃつらを討つのは今夜だ。弥之助、手筈どおり笹乃屋へまわってくれ」

岩井が語気を強めて言った。


「ふたりだけか」

すぐに、岩井が訊いた。

「はい、勘兵衛は笹乃屋にいるようです」

「よし、きゃつらを討つのは今夜だ。弥之助、手筈どおり笹乃屋へまわってくれ」


岩井が語気を強めて言った。

「心得ました」

弥之助は、一礼して離れから出ていった。

岩井たちは、すぐに戦いの支度を始めた。岩井と茂蔵は鎖帷子《くさりかたびら》を着込み、野袴と武者草鞋で足元をかためた。左近も野袴に武者草鞋。宮下は旅装のままで、両袖を襷で絞るだけである。岩井たちは戦いの身支度を終えると、羽織を着て、戦いの装束を隠した。夜陰にまぎれるとはいえ、人目に触れる恐れがあったからである。

それから小半刻(三十分)ほどして、辺りが夜陰につつまれたころ、岩井たちは離れから出た。すでに、亀田屋は店仕舞いしていたが、淡いひかりが障子に映じている。まだ、奉公人たちは起きているようだ。

岩井たちは足音を忍ばせ、店舗の脇を通って表通りへ出た。八丁堀川沿いの道は、ひっそりとして人影はなかった。

猪牙舟は、ちかくの桟橋に舫ってあった。岩井たちが乗り込むと、すぐに茂蔵が棹を取って舟を出した。

舟はすべるように八丁堀川を下っていく。

岩井たちの舟は、八丁堀川から大川へ出て対岸の本所へむかい、両国橋をくぐって横網町ちかくの桟橋に着いた。

そこは藤堂和泉守《とうどういずみのかみ》の下屋敷の裏手だった。辺りに人影はなく、ひっそりと夜の帳《とばり》につつまれている。頭上に十六夜《いざよい》の月が出ていた。風のない晴天で、満天の星空である。

岩井たちは舟から下り、茂蔵を先頭に矢島屋敷へむかった。

「手前の屋敷です」

茂蔵が路傍に足をとめて指差した。路地沿いに百石前後と思われる御家人の屋敷がつづき、その甍の先に回向院の堂塔が月明りのなかに黒い姿を重ねていた。

茂蔵が指差したのは、板塀にかこまれた屋敷で、くぐり戸のある木戸門がついていた。

岩井たちが屋敷に近付くと、ふいに木戸門の脇から人影が立ち上がり、足音を忍ばせて近寄ってきた。喜十だった。屋敷の様子を見張っていたらしい。

「どうだ、なかの様子は」

岩井が訊いた。

「柳沢と巌円は、なかに入ったままでさァ」

喜十が目をひからせて言った。

「屋敷内にいる者は」

岩井は念を押すように訊いた。

喜十によると、当主の矢島、柳沢、巌円、ほかに矢島の妻女、それに下働きの老爺《ろうや》がいるらしいという。通いの女中もいるが、すでに屋敷を出たそうである。

「よし、様子を見て踏み込もう」

岩井たちは、足音を忍ばせて木戸門の近くに身を寄せた。

庭に面した障子に明りが映じていた。その座敷から、くぐもったような男の声が洩れてくる。何か話しているらしい。

町木戸のしまる四ツ（午後十時）を過ぎているだろうか。付近の屋敷は夜陰のなかに沈み、洩れてくる灯もなく寝静まっていた。

「どこから、侵入するな」

岩井が小声で訊くと、

「あっしが、くぐり戸をあけやす」

喜十は、板塀のはずれるところがありやすんで、と言い残し、すぐにその場を離れた。どうやら、敷地内に侵入できる場を見ておいたようである。

いっときすると、木戸門に近付く足音がし、くぐり戸があいた。

「支度をせい」

そう言って、岩井は羽織を脱ぎ、刀の下げ緒で両袖を絞った。茂蔵、左近、宮下、喜十の四人もすばやく戦いの支度をした。

「行くぞ」

岩井につづいて、茂蔵たち四人がくぐり戸からなかに入った。

敷地内の屋敷のまわりは深い闇につつまれていたが、庭の方だけがぼんやりと明らんでいた。庭に面した座敷から明りが洩れているらしい。男たちの話し声もそこから聞こえてきた。どうやら、男たちはその座敷に集まっているようだ。酒でも飲んでいるのかもしれない。

岩井たちは足音を忍ばせて、庭へまわった。庭といっても、板塀の際に欅《けやき》と松が植えてあるだけだった。しばらく植木屋も入っていないらしく、雑草が生い茂っていた。その叢《くさむら》から物寂しいような細い虫の音が聞こえてくる。

座敷の声がはっきり聞こえてきた。やはり、酒を飲んでいるらしい。ときおり、瀬戸物の触れ合う音や酒を酌み交わしている声が聞こえた。座敷にいるのは、三人らしい。矢島、柳沢、巌円であろう。

「庭に引き出そう」

岩井が声を殺して言った。

座敷に踏み込んで斬り合うのは危険だった。狭い部屋のなかで刀を振りまわすと同士討ちする恐れがあるし、障子や襖の陰から刀や槍で突かれると思わぬ不覚を取ることがあるのだ。

「喜十、念のため裏手にまわってくれ。逃げるようなら下働きの者も押さえろ、騒がれては面倒だ」

「へい」

喜十がすぐに、屋敷の裏手へまわった。

岩井は喜十の姿が消えると、足音を忍ばせて縁先へまわった。庭は雑草におおわれていたが、それほど草丈はなく、足場としては悪くない。茂蔵、左近、宮下の三人はすこし間を取って、明りの点った座敷の前に立った。

3

「矢島安之丞、姿を見せい！」

岩井が声を上げた。

と、座敷の物音がやみ、障子に映った人影が動かなくなった。三人の男は外の気配をうかがっているらしい。

そのとき、鬼哭を思わせるような細い悲哀に満ちた音が聞こえた。柳沢の喉から洩れる喘鳴である。つづいて、人影が立ち上がり、障子があいた。

総髪の牢人だった。痩身で両肩が落ちている。大刀を一本、手にしていた。後ろから行灯の灯を受けて、黒い人影が浮かび上がったが、顔は闇にとざされて見えなかった。ただ、とがった顎がかすかに動き、細いかすれるような音が洩れていた。

「柳沢か」

岩井が誰何した。

「いかにも、うぬは」

「亡者と言えば、分かるだろう」

「うぬが、影目付の頭か」

柳沢の頭が左右に動いた。庭に立っている襲撃者の人数を確認したようだ。

つづいて、障子があけ放たれ、巨漢の男が姿をあらわした。黒の法衣に手甲脚半、手に金剛杖を持っている。巌円である。さらに、巌円の脇に男の姿があった。羽織袴姿で、手に大刀をひっ提げていた。矢島らしい。

「うぬら三人、冥途《めいど》から迎えにまいった」

岩井が三人を見すえて言った。

「できるかな。うぬらが亡者なら、おれたちは地獄の鬼だ」

柳沢が巌円に、敵は四人だ、返り討ちにしてくれよう、と小声で言った。

すると、巌円が、よし、と言って、縁先に出てきた。濃い眉、ギョロリとした目、分厚い唇。月明りに浮かび上がった青白い顔に角はなかったが、金剛杖を持ってつっ立った姿は、まさに青鬼である。

「柳沢、勝負を決しようぞ」

左近が声を上げた。

「よかろう」

柳沢は縁先を移動し、ゆっくりとした動作で左近の立っている前に下り立った。

月光のなかに、柳沢の青白い顔が浮かび上がった。肉を削ぎ落としたようにこけた頬、細い目、うすい唇。表情のない顔に、物憂そうな翳《かげ》が張り付いていた。身辺に幽鬼のような不気味さがただよっている。

柳沢の喉から洩れていた喘鳴は収まっていた。気の昂りが、咳を鎮めたのかもしれない。

「柳沢、兄の敵！」

宮下が柳沢の左手から切っ先をむけた。

「俊之助、ここで始末をつけようぞ」

柳沢は表情も変えずに言った。

一方、茂蔵は巌円の前に立ち、

「巌円、うぬの相手はおれだ」

と言いざま、腰を落として身構えた。

「オオッ！」

吼え声を上げて、巌円が庭へ飛び下りた。

巌円は三間余の間合を取って、金剛杖を構えた。腰を沈めた八相のような構えである。黒い法衣に身をつつんだ巨漢が、小山のように見えた。

矢島だけは、縁側に出てこなかった。ひらいた障子の間から、様子を窺うように庭に視線をまわしている。すでに抜刀し、抜き身をひっ提げていたが、腰が引けていた。影目付との戦いに利はないと見て、逃げようとしているのかもしれない。

「矢島、出て来い」

岩井が声をかけたときだった。

ふいに、矢島が後ずさりした。部屋から逃げる気らしい。

「逃さぬ！」

岩井は縁側に飛び上がり、一気に座敷に踏み込んだ。

内側の障子をあけて廊下へ出ようとした矢島が、背後から突進してくる岩井に気付いて振り返った。

岩井は、低い八相に構えて矢島に急迫した。

矢島はこのままでは逃れられぬと思ったらしく、ふいに反転し、

「おのれ！」

と叫びざま、袈裟に斬りつけてきた。

岩井は八相から刀を振り下ろし、矢島の刀身を打った。

甲高い金属音とともに、薄闇のなかに青火が散り、矢島の刀がたたき落とされた。同時に、矢島は勢い余って、体が前につんのめるように泳いだ。

次の瞬間、行灯の淡いひかりに照らされたふたつの人影が交差し、鴇色《ときいろ》の閃光《せんこう》が逆袈裟に疾《はし》った。岩井のふるった刀身が、行灯の灯《ひ》を反射《はね》たのである。

ドスッ、というにぶい音がし、矢島の上半身が前にかしいだ。岩井の刀身が矢島の腹を深くえぐったのである。

矢島は足をとめると、上半身を前に倒し喉を突き出すようにして、ガックリと両膝を折

った。矢島は刀を取り落とし、蟇《ひき》の鳴くような低い呻き声を上げ、両手で腹を押さえてうずくまった。見る間に着物の腹部が蘇芳色《すおういろ》に染まり、押さえた手や着物の端から血が滴り落ちた。

「矢島、うぬと板倉のかかわりは」

岩井が矢島の首筋に切っ先を突き付けて訊いた。大きな声ではなかったが、有無を言わせぬ強いひびきがあった。

「お、おれの妹が、やつの側妻《めかけ》よ」

矢島が苦痛に顔をしかめながら、吐き捨てるように言った。

「そういうことか」

岩井は、矢島と板倉が結びついたわけを知った。

「な、なにをつっ立ってやがる！　斬れ、早くとどめを刺しゃァがれ！」

矢島が憤怒の形相で怒鳴った。助からぬ、と覚悟したのか、それとも最期の強がりか。無頼漢のような物言いである。

「望みどおり、冥途へ送ってくれよう」

言いざま、岩井は手にした刀を一閃《いっせん》させた。

にぶい骨音がし、矢島の首が畳に落ちて転がった。その瞬間、矢島の首根から、血が赤い帯のように疾った。そして、矢島の首のない上半身は、血を噴出させながら前につっ伏した。

矢島の四肢が痙攣し、首根から血が赤い糸のように幾筋も流れ落ちていた。周囲の畳は血飛沫で赭黒く染まっている。

4

左近と柳沢の間合は、およそ三間。

柳沢は八相に構えていた。低い八相で、刀身を肩に担ぐように構えている。

対する左近は青眼から刀身を下げ、切っ先を柳沢の胸部につけた。横面斬りの構えである。

一方、宮下は柳沢の左手にいた。切っ先をぴたりと柳沢の喉元につけている。腰の据わった隙のない構えである。ただ、間合がすこし遠かった。おそらく、左近と柳沢の動きを見て、斬り込むつもりなのだ。

柳沢は宮下の存在など念頭にないかのように、すべての神経を左近に集中させていた。ひとりの剣客として、柳沢は左近と雌雄《しゆう》を決するつもりなのだろう。

左近の小刻みに動く切っ先が、月光を反射《はね》て淡い光芒を放っていた。敵に間合と太刀筋を読ませないために、刀身を小刻みに上下させているのだ。

だが、柳沢は表情も変えなかった。すでに、柳沢は左近の横面斬りの構えを目にしていたのである。

柳沢は足裏で地面を擦るようにして、すこしずつ間合を狭めてきた。全身に気勢が満ち、その細い体がどっしりとして見えた。巨岩が迫ってくるような威圧がある。

そのとき、ふいに柳沢の顔がゆがみ、喉元から鬼哭のような細い音が洩れた。夜の冷気を吸って、喉が刺激されたらしい。咳を抑えているために出る喘鳴である。

柳沢の寄り身がすこし速くなった。一気に勝負をつけようと思ったらしい。斬撃の間に迫るにつれ、柳沢の全身に斬撃の気配がみなぎってきた。

……二の太刀が勝負だ。

と、左近は見ていた。

初太刀は捨て太刀で、二の太刀の胴斬りが柳沢の剣の神髄である。すでに、柳沢と立ち合っていたので、左近は柳沢の太刀筋を知っていたのだ。

だが、柳沢にも同じことが言えた。柳沢も左近の切っ先が放つ光芒は、間合と太刀筋を読ませぬためだと気付いているはずである。

柳沢が斬撃の間に迫ってきた。喘鳴はやまない。柳沢は顔をしかめて、咳をこらえている。

柳沢は斬撃の間境の手前で寄り身をとめず、一気に間境を越えた。

刹那、柳沢の体が、鋭い気合とともに躍動した。

袈裟ではなかった。柳沢の切っ先が、八相から鍔元へ突き込むように籠手《こて》を襲った。一瞬の鋭い斬撃である。

瞬間、左近は両手を引きざま、袈裟に斬り込んだ。

左近の刀身は空を切り、右手にかるい衝撃がはしった。柳沢の切っ先にとらえられたのだ。

だが、浅い。一瞬、両手を引いたため、浅く皮肉を裂かれただけである。

次の瞬間、ふたりは二の太刀をふるった。

左近は右手に跳びざま、刀身を袈裟に斬り下ろし、柳沢は胴を払っていた。一瞬の攻防である。

ふたりは交差し、大きく間合を取って反転した。

左近の腹部の着物が裂けていた。だが、柳沢の切っ先は肌までとどいていない。一方、左近の切っ先は、柳沢の右の二の腕をえぐっていた。見る間に、裂けた着物が赭黒く染まってくる。

「まだだ……」

柳沢がそう言ったとき、大きく肩が揺れ、ゴホッ、という咳とともに喀血《かっけつ》した。瞬間、口から血が飛び散った。

その拍子に柳沢の構えがくずれ、八相に構えた刀身が大きく揺れた。

左近は斬り込めば容易に斬れたが、わずかに身を引いた。そのとき、柳沢の脇から宮下が斬り込んできたからである。

「兄の敵！」

叫びざま、宮下は袈裟に斬り込んだ。

瞬間、柳沢は顔を宮下の方へむけたが、かわす間はなかった。

宮下の渾身の一刀が、柳沢の肩口から胸部まで斬り下ろされた。一瞬、ひらいた斬り口から切断された鎖骨が見えたが、次の瞬間、血が迸《ほとばし》り出た。

柳沢は喉のつまったような呻き声を上げながらよろめいた。肩口からの出血が、上半身を真っ赤に染めていく。

柳沢は足をとめ、なおも刀を構えようとしたが、体が自由にならず、腰からくずれるように地面に尻をついた。それでもまだ、柳沢は両手で刀を握りしめていた。肩口からの出血は激しく、全身血達磨《ちだるま》である。

柳沢は両眼を瞠《みひら》き、しきりに何かつぶやいていた。

左近が柳沢に歩を寄せた。言い遺すことがあれば、聞いてやろうと思ったのである。

「な、泣き声が、やんだ……」

柳沢はそう言った。口元に微笑が浮いている。

左近は柳沢の喘鳴がとまっているのに気付いた。柳沢は、そのことを言ったのか、それとも、胸の内でだれか泣いている者でもいたのか。左近には分からなかった。

と、柳沢の上体が前にかたむき、ガクリと首が前に垂れた。そのまま柳沢は動かなかった。息絶えたようである。肩口から地面に滴り落ちる血の音に、妙に生き生きとしたひびきがあった。

左近は茂蔵の方へ目を転じた。

ちょうど、茂蔵が巌円の巨体を腰に乗せて投げたところだった。重い地響きがして、巌円の巨体が仰向けにたたきつけられた。

すかさず、茂蔵が馬乗りになり、巌円の両襟をつかんで首を絞め始めた。茂蔵は牛の首に腕をまわして絞め殺すほどの強力であった。

だが、下になった巌円も太い両腕を突き出し、茂蔵の襟元をつかんで絞め始めた。獣の唸るような声を発し、顔を赭黒く怒張させて、凄まじい力で締め上げる。

茂蔵の顔も赭く染まり、恵比寿のような顔が閻魔《えんま》のような形相になっていた。

巨漢の怪力同士の首の絞め合いである。

左近は走り寄った。脇から、巌円の首を突き刺そうと思ったのである。左近は切っ先を仰向けになっている巌円にむけたが、思いとどまった。

巌円の顔が赤紫色になり、大きな目が恐怖に揺れていたからである。

茂蔵の襟元をつかんだ巌円の手が、ゆるんだように見えた次の瞬間、喉から呻き声が洩れ、大きな顎がガクリと横にかしいだ。

「ば、化け物が……」

茂蔵が喘ぎながら言った。

巌円は巨獣のような男だった。馬乗りの体勢になっていなければ、絞め殺されたのは茂蔵であったろう。

巌円は白目を剝き、大きく口をあけたまま死んでいた。巨体が、夜陰のなかに小山のように横たわっている。

5

茂蔵が立ち上がり、着物の乱れを直していると、岩井が縁先にあらわれた。

岩井は納刀していたが、顔が返り血を浴びて赭黒く染まっていた。矢島を仕留めたのであろう。

岩井は縁先から庭を見まわし、柳沢と巌円が横たわっているのを見ると、ちいさくうなずいた。

「お頭、柳沢は宮下が仕留めました」

左近が低い声で言った。

「敵を討ったか。……巌円も仕留めたようだな。残るは、笹乃屋だ」

岩井がそう言ったとき、裏手から喜十が駆け付けてきた。

喜十も庭の様子を見て、矢島たち三人の始末がついたことを察知したらしく、

「片が付きやしたね」

と、目をひからせて言った。

「下働きの者と妻女はどうした」

岩井が訊いた。屋敷内から人声も物音も聞こえないので、気になっていたのだ。

「裏口から入《へえ》って、ちょいと覗いてみやした。……下働きの爺さんは、表の騒ぎに気付かねえらしく、台所の脇の小部屋で寝てやしたぜ。耄碌《もうろく》して耳が遠くなっちまったんでしょうかね」

「妻女は」

「奥の座敷で、ごそごそ音がしてやしたが……。あっしも、女の寝間まで覗くこたァねえと

思いやしてね」

喜十が照れたように言った。

「放っておけばいい」

岩井は、妻女や下働きの老爺まで殺すことはないと思った。それに、姿を見られていないのだから、明日になって騒ぎ出してもどうということはないのだ。

「笹乃屋へ行くぞ」

岩井が言った。

矢島屋敷を出た岩井たちは、桟橋に舫っておいた猪牙舟に乗り込み、大川を下った。

頭上は満天の星空だった。丑《うし》ノ刻（午前二時）を過ぎているだろうか。深川も対岸の日本橋も深い夜陰につつまれ、月明りのなかにかすかに家並の黒い輪郭が識別できるだけである。風のない静かな夜で、水押しの分ける水音だけが、騒がしかった。

岩井たちは日本橋川から掘割をたどって伊勢町近くの桟橋に舟をとめ、夜の帳に沈んだ掘割沿いの道へ出た。

二町ほど歩くと茂蔵が足をとめ、

「あれが、笹乃屋です」

と、指差して言った。

二階建ての店舗だった。夜の遅い商売だが、さすがにこの時間になると、洩れてくる灯《ひ》の色はなかった。ひっそりと夜の静寂につつまれている。

路傍の植え込みの陰に弥之助がいた。黒装束に身をかためている。その身は夜陰に溶け、目だけがうすくひかっていた。

「勘兵衛たちは？」

岩井が訊いた。

「店におります。一階の奥に、勘兵衛の居間と寝間があるようです」

弥之助によると、店仕舞いして住人が寝込むのを待ってから店内に忍び込み、様子を見ておいたという。

弥之助の侵入術は忍者並だった。弥之助にとって、住人が寝込んだ店へ忍び込むことなど、たいしたことではなかったのだ。

「店のなかへ入れるか」

「戸口の心張り棒をはずしておきました」

「手まわしがいいな」

「こちらです」

弥之助は先に立って店の正面へまわった。

戸口の格子戸に手をかけて引くと、すぐにあいた。入ってすぐ土間になっているようだが、そこから先は深い闇につつまれていた。

弥之助が、お待ちくださいい、と言い残し、スッと土間から先の闇のなかに姿を消した。いっときすると、石を打つかすかな音がし、右手がぼんやりと明るくなった。帳場の行灯に火を点したらしい。

土間の先が狭い板敷きの間になっていて、その先が廊下になっていた。二階へつづく階段は右手の帳場の脇にあった。左手は、座敷がつづいているようだった。

「お頭が、手を汚すまでもありません。後は、われらが」

茂蔵が小声で言った。

勘兵衛、おえい、元助、芝造の四人を始末する手筈になっていた。おえいは矢島たちと組んで商家で金を脅し取ったりしていたので、町方に捕らえられても斬首はまぬがれられなかった。元助と芝造を殺すのはかわいそうな気もしたが、茂蔵や左近の顔を見ているので、生かしておくことはできなかったのである。

「わしは、ここにいよう」

岩井は土間に立ったまま言った。

茂蔵が左近たちに目をむけて、行くぞ、と小声で言った。茂蔵、左近、弥之助、喜十、宮下の五人が廊下へ上がり、足音を忍ばせて奥へむかった。

左近は宮下とふたりで、勘兵衛のいる寝間にむかった。左近は勘兵衛を斬るつもりで、弥之助から寝間のある場所を聞いたのだ。

寝間は一階の奥の突き当たりにあった。帳場の行灯の明りは、奥の寝間まではとどかなかったが、明り取りの窓があり、そこから射し込んだ淡い月明りが廊下と寝間の障子をぼんやり浮かび上がらせていた。

左近が障子に耳をあてると、鼾《いびき》が聞こえた。男の太い鼾である。どうやら、勘兵衛は眠っているようだ。

左近は静かに障子をあけた。座敷は深い闇につつまれていたが、大気のなかにかすかな酒の匂いと温気《うんき》があった。勘兵衛は酒を飲んで寝たのだろう。

闇に目がなれると、夜具の膨らみと人の顔がかすかに識別できた。寝ているのはひとりである。

「宮下、ここにいてくれ」

左近が小声で言った。

手下でもいると面倒だと思い、宮下を連れてきたのだが、勘兵衛ひとりなら宮下の手を借りるまでもなかった。

　左近は刀を抜き、足音を忍ばせて眠っている勘兵衛に近付いた。念のために、左近は闇を透かせて寝顔を見た。濃い眉、顋の張ったいかつい顔。まちがいなく勘兵衛である。勘兵衛は口をあんぐりとあけ、鼾をかいて寝入っていた。

「起きろ、勘兵衛」

　左近は箱枕を足先で蹴った。

　勘兵衛は呻くような声を洩らし、顔をしかめながら目をあけた。勘兵衛は目を剝いたまま左近を見上げたが、声も上げず、起き上がろうともしなかった。一瞬、だれがいるのか分からなかったのだろう。

　が、次の瞬間、その顔がひき攣《つ》ったようにゆがみ、

「だ、だれだ！」

　と、喉のつまったような声を上げた。

「亡者だ。あの世から迎えに来た」

　左近は低い声で言うと、手にした刀の切っ先を勘兵衛の胸元にむけた。

　勘兵衛はこの場の状況を察知したらしく、ヒイッ！　と悲鳴とも喘鳴ともつかぬ声を上げ、身を起こそうとした。

瞬間、左近は短い気合を発して刀身を勘兵衛の胸に突き刺した。

勘兵衛は、グッと喉を鳴らして身を反らせ、刀身をつかんだが、仰臥したままだった。低い呻き声を洩らし、激しく四肢を顫わせていたが、逃げようとはしなかった。

左近は刀身を引き抜いた。同時に、胸部から血が奔騰した。闇のなかに噴き出した血は勘兵衛の体から飛び出したちいさな黒い生物の群れのように見えた。その黒い生物が、見る間に勘兵衛の上半身と周囲の夜具にひろがっていく。

いっときすると出血がとまり、勘兵衛も動かなくなった。絶命したらしい。勘兵衛の闇のなかに瞠《みひら》かれたふたつの目が白くひかっている。

「仕留めた」

左近は廊下にいる宮下に声をかけ、戸口へむかった。

それから小半刻（三十分）ほどすると、店内に侵入した茂蔵たちももどってきた。おえい、元助、芝造の三人を始末したという。

「長居は無用。引上げるぞ」

岩井が戸口から外へ出た。

茂蔵たち五人も後につづいて、笹乃屋を出た。まだ、伊勢町の家並は暁闇《ぎょうあん》につつまれていたが、東の空はかすかに明らんでいた。

「さア、さア、みなさん、飲んでくださいな」

お蘭が、男たちに声をかけた。

6

菊屋の二階の座敷に、岩井、茂蔵、左近、弥之助、喜十、それに宮下も顔をそろえていた。岩井が慰労とその後の様子を訊くために、宴席を持ったのだ。このところ、岩井は事件の始末がつくと、こうした慰労の席を持つことが多かったが、今回は宮下が影目付にくわわったことを仲間に紹介する意味もあった。すでに、男たちは宮下とともに行動していたので承知していたが、お蘭は顔を合わせたことがなかったのである。

矢島たちを始末して一月《ひとつき》ほど過ぎていた。この間、宮下は渋江藩の上屋敷に出向き江戸家老の小島孫左衛門《こじままござえもん》に、兄の敵として柳沢八十郎を討ったことを報告した。

小島は宮下の苦難の歳月を思いやり、本懐を遂げたことを喜ぶとともに帰参するよう強く勧めたが、宮下は家を嫡男が継げるよう尽力して欲しいと伝えた上で断った。

「おぬし、帰参せず、どうやって暮らすつもりだ」

小島は懸念の顔をした。

「せっかく、江戸へ出てまいりましたので、しばらくの間、道場へ通い、剣の修行をしたいと存じます」

宮下は、影目付のことを口にすることはできなかったのである。

その後、茂蔵に佃島の対岸にあたる船松町《ふなまつちょう》に小体な借家を見つけてもらい、そこで暮らすようになった。

岩井があらためて宮下を紹介し、今後、影目付のひとりにくわえることを言い添えると、茂蔵たち四人の男は、うなずき合っただけだが、お蘭はひどく喜んだ。これまでの影目付の仲間は、亡者と呼ぶにふさわしい暗さと悲哀を秘めていたが、宮下には若さと溌剌《はつらつ》とした感じがあったからかもしれない。

いっとき、酒を酌み交わした後、

「此度《こたび》の件で一番の手柄を上げたのは、お蘭かもしれぬな」

岩井が、お蘭に酒をついでもらいながら目を細めて言った。

「一番の手柄だなんて。何にもしてないのは、あたしだけ……。せめて、今夜はお酌をさせてくださいな」

お蘭は、茂蔵たちに目をやりながら言った。

「いやいや、お蘭のお蔭で、頭格の矢島がつかめたのだ。大手柄だよ」

岩井が言った。

「そう言ってもらうと、嬉しいけど」

お蘭は笑みを浮かべた。お蘭にしてみれば、男たちのような働きができないので、こうして顔をそろえると気後れするのだ。

岩井はそうしたお蘭の気持を知っていて、お蘭の手柄をあえて口にしたのである。

「ところで、笹乃屋だが、その後の町方の動きはどうかな」

岩井が声をあらためて訊いた。

「町方は、勘兵衛を恨んでいた者の犯行とみているようです」

茂蔵によると、町方は勘兵衛が笹乃屋の主人に収まるまで博奕打ちだったことをつかんでいて、当時かかわりのあった遊び人や地まわりなどを洗っているという。

「まァ、われらに探索の手が及ぶことはあるまい」

そう言って、岩井はうまそうに杯をかたむけた。

「唐八も始末したし、勘兵衛たちの正体を知る者はいなくなったわけです」

茂蔵は、拷問蔵に監禁していた唐八を殺害し、死体を大川に流してこの世から消していた。すこしかわいそうな気もしたが、影目付の正体を知っている唐八を生かしておくことはできなかったのである。それに、町方に捕らえられれば、死罪になる身であった。

「お頭、矢島たちの方はどうなりました」

茂蔵が声をあらためて訊いた。

「案ずることはないようだぞ」

岩井は御目付の増野から、その後矢島家がどうなったか聞いていた。矢島は御家人だったので、矢島屋敷へ入って調べたのは町方ではなく御徒目付であった。

御徒目付たちは屋敷内を調べ、うろんな牢人と坊主の死体があったことにくわえ、金品を奪われた様子がないことから、仲間内の争いではないかと見たようだ。

その後、御徒目付たちは事件の探索に当たっていたが、表向きだけで、その実まったく動いていないという。それというのも、日頃矢島が御家人とは名ばかりの放埒な暮らしをし、町人たちと組んで商家を強請るなどの悪行を重ねていたことを知っていたからだ。しかも、矢島の身辺を洗っていた永井が、何者かに殺害されていた。

御徒目付のなかには、永井を暗殺したのは矢島と見ている者もいて、殺されたのは自業自得だとの思いがあったのである。

さらに、御徒目付たちは、矢島たちを殺した下手人は矢島家へ出入りしていた無頼牢人や町人ではないかと読んでいた。そうなると、下手人の捕縛は町方の仕事になり、御徒目付たちの探索に熱が入らないのも当然だというのだ。

「下手人を挙げるより、早く忘れたいのが目付筋の本音のようだな」

岩井がそう言うと、

「板倉と用人の鎌田は、どうなりましょうか」

左近が小声で訊いた。

「どうにもならぬな。矢島たちと板倉のかかわりを知っているのは、われらだけだし、それを訴えることはできぬからな」

「すると、板倉や鎌田は何の咎めも受けぬわけですか」

「やむをえまい。ただ、矢島たちは板倉に雇われた刺客なのだ。われら影目付を殲滅するためのな。……その刺客一党を、われらはことごとく闇に葬った。このことで、小野や板倉はわれらにさらなる脅威を抱いたはずだ」

「そうでしょうね」

「われら影目付は、水野や板倉に脅威を与え、専横を抑えることも大事な任務なのだ。此度の始末、伊豆守さまも満足しておられた」

岩井がさらにつづけた。

「それにな、われらにとっても得るものがあったのだ」

「何でしょうか」

茂蔵が身を乗り出すようにして訊いた。

「宮下だ。宮下がわれらにくわわったではないか」

岩井がそう言うと、お蘭が、

「さァ、今夜は、宮下さまが仲間になったお祝いです、楽しくやってくださいな」

と、声を上げた。

その声で茂蔵たちの顔がなごみ、座は急に華やいだ雰囲気につつまれた。さらに酒が進むと、笑い声が起こり、喜十などは剽《ひょう》げた格好で踊りだす始末だった。亡者たちの酒宴ではあったが、勝軍《かちいくさ》の宴《うたげ》のように賑やかだった。

この作品は書き下ろしです。原稿枚数394枚（400字詰め）。

幻冬舎文庫

●最新刊
公事宿事件書留帳十四
世間の辻
澤田ふじ子

腹に刀傷を負い、痩せさらばえた姿で鯉屋に担ぎ込まれた四十男。菊太郎に伝えられた男の素性には世にも哀れな真相が隠されていた……。人情時代小説の傑作シリーズ、待望の第十四集！

●最新刊
ホームタウン
小路幸也

札幌の百貨店で働く行島征人へ妹から近く結婚するという手紙が届いた。だが結婚直前、妹と婚約者が失踪する。征人は二人を捜すため捨ててきた故郷に向かう……。家族の絆を描く傑作青春小説。

●最新刊
血塗られた神話
新堂冬樹

悪魔と呼ばれた街金融の経営者・野田秋人はある日、惨殺された新規客の肉片を受け取った。過酷な徴収で客を自殺させた五年前の記憶が蘇る——。金融界に身を置いていた著者が描く復讐劇！

●最新刊
影目付仕置帳
鬼《き》哭《こく》啾《しゅう》啾《しゅう》
鳥羽　亮

徒目付惨殺事件の下手人を追う影目付があぶり出した謎の暗殺集団。鬼獣とでも言うべき輩の正体が明らかになった時、影目付は絶体絶命の闘いを強いられる。人気シリーズ、戦慄の第六弾！

●最新刊
ミスター・シープ
中場利一

ボクは合併で大きくなった銀行にいる。でも合併した方ではなく、された方。嫌な上司、仕事のトラブル、複雑な人間関係。でもボクはサラリーマンだから逃げない。感涙のサラリーマン小説！

幻冬舎文庫

●最新刊
仔羊たちの聖夜
西澤保彦

クリスマスイヴの夜、一人の女がマンション最上階から転落死した。偶然、現場に遭遇した匠と高瀬。状況は自殺だが、五年前も同じ場所で転落死があった。一年後、三たび事件が。傑作ミステリ！

●最新刊
ロンリー・ハート(上)(下)
久間十義

拉致レイプ事件が連続する綾井北署は、キャバクラ強盗、外国人犯罪などの凶悪事件をも抱えていた。疲弊しながらも捜査に邁進する刑事たち。暴走する若き狂気――。新世紀の警察小説の代表作。

●最新刊
愛が理由
矢口敦子

親友の突然の死を知らされた三十九歳の麻子。死因が納得できない麻子の前に現れた美少年・泉は、年上の女性を死に追いやる「心中ゲーム」の話をする。女性の切なさが胸を打つ恋愛サスペンス。

●最新刊
続・嫌われ松子の一生 ゴールデンタイム
山田宗樹

〝嫌われ松子〟の死から四年。甥の笙、笙の元恋人・明日香は、各々の人生を歩んでいた。泣き、苦しみ、だが懸命に〈輝ける時〉を求めて。松子の生を受け継ぐ二人の青春を爽快に描く傑作小説。

●最新刊
御家人風来抄 日月《じつげつ》の花
六道　慧

人には、誰にでも見せる「日の顔」と、心を許した者だけに見せる「月の顔」がある。色白の美女・志づかと金貸しのおらく。二人の女が見せた月の顔に隠された過去とは？

影目付仕置帳《かげめつけしおきちょう》

鬼哭啾啾《きこくしゅうしゅう》

鳥羽亮《とばりょう》

平成20年10月10日　初版発行
平成21年11月15日　2版発行

発行人——石原正康
編集人——菊地朱雅子
発行所——株式会社幻冬舎
〒151-0051東京都渋谷区千駄ヶ谷4-9-7
電話　03(5411)6222(営業)
　　　03(5411)6211(編集)
　　　振替00120-8-767643
印刷・製本—図書印刷株式会社
装丁者——高橋雅之

幻冬舎文庫

ISBN978-4-344-41210-1　C0193　　と-2-16